KB253751

프로방스 통신

황 혜 경 여행에세이

프로방스 통신

선우미디어

사랑의 은줄

    돌아보면 어둡고 긴 고난의 터널을 통과하는 세월이었다. 나의 삶은 많이 아팠고 분노했다. 어떤 상처는 너무 깊어 쉽게 치유되지 않는 슬픔도 있었지만, 무엇보다 살아 있는 것조차 부정하고 싶을 만큼 심한 후유증에 시달리게 한 건 자식들과의 갈등이었다.

    그러나 자아와 육신을 이어주는 銀줄처럼 무한히 늘어나는 새로운 사랑의 끈으로 다시 힘을 얻을 수 있었다. 사랑의 은줄이 끊어지지 않는 한 나는 자연과 더불어 감사하며 보속의 삶을 살고 싶다.

    프로방스 여행은 한 줄기 희망의 빛이 되어 내 삶 전체를 바꿔 놓았다. 시나브로 슬픔도 잊혀졌고 삶에 대한 부정을 긍정적으로 바꾸어 주는 동기도 되었다. 프로방스의 강렬하고 선명한 색채와 햇살이 나를 일으켜 세워 주었다.

    몇 억 만 년의 세월 속에서 온갖 풍파를 겪어낸 자연의 넉넉함은, 인생이란 누리는 것이 아니라 그냥 견디며 사는 것이라 일러주었다. 이 세상의 모든 것은 소유가 아니라 베풀어야 한다는 이치도 함께 했다.

    위대한 섭리 앞에서 참으로 왜소한 자신을 발견할 수 있었다. 내 고통은 슬픔이 아니라 잘못 살아 온 한 사람의 시행착오였다.

　삶의 바퀴는 태어남, 삶, 죽음, 영(靈) 그리고 다시 태어나서 삶으로 끝없이 이어지는 윤회전생(輪廻轉生)이라고 한다. 이러한 윤회 속에 젖게 만들었던 자연과의 조우는 내 생명을 이어주는 은줄이었다. 위기에서 벗어나게 해준 삶과의 약속이기도 했다.

　아름다운 프로방스에서 내 생애에 가장 빛나는 삶과 만나게 해준 보알라 부부, 헤그베(Herve Boil)와 선희, 지중해의 모든 것을 보여 주었던 이 부부에게 고맙다는 말로는 부족하다. 아픈 과거를 잊고 내가 잘 살아 줌으로써 그들이 보람을 느낀다면 고마움을 대신할 수 있을지 모르겠다.

　바닥에 이르는 절망과 방황을 잊게 해준 친구가 있다. 살아야 할 이유를 사랑으로 보여준 유리에게도 감사하고 싶다. 보알라 부부와 유리는 내 삶의 귀환을 위해 기꺼이 은줄이 되어 주었다. 이 한 권의 책은 바로 이들의 사랑으로 엮어졌다. 앞으로도 무한이 늘어나는 사랑의 끈으로 한 시대를 살아가는 동행자가 되리라 믿는다.

2009년 가을의 문턱에서

저자　황혜경

황혜경 여행에세이

프로방스 통신

차례

프로방스 통신

어딘가 떠나야 한다

출발

나 혼자만의 첫 유럽여행이다. 해외여행을 별로 가보지 못한 나는 공항에서 출국수속을 하면서도 내내 불안과 두려움에 시달렸다. 내가 타고 가야 할 파리 행 비행기가 정비 문제로 한 시간 정도 지연된다는 안내 방송이 흘러나왔다.

드골 공항에 내려서 두 시간 정도 대기했다가 다시 마르세유 행으로 바꿔 타야 하는 일정이었다. 말도 통하지 않는 그곳에서 제대로 비행기를 갈아 탈 수 있을지 점점 자신이 없어지고 조바심이 났다. 동생 선희 말에 의하면 파리공항에서 상당한 거리를 이동하여 국내선 게이트를 찾아가야 된다고 했다. 인천공항에서 한 시간의 연착은 내 생의 한 순간을 갉아먹는 느낌이 들었다. 극도의 불안한 마음을 뜨거운 한 잔의 커피로 겨우 달랬다.

나는 출국 날짜가 잡히고 난 후에도 자다가 벌떡벌떡 일어나곤 했다. 이종 동생이 살고 있는 프랑스 남부를 혼자서 찾아갈 수 있을까 생각하면 등에서 식은땀이 났다. 자식들과의 갈등에서 오는 상처로 숨을 쉴 수가 없는 절박한 상황이었는데도 삶에 대한 집착은 어쩔 수가 없구나 싶어 헛웃음이 나오기도 했다. 그러나 숨을 쉬기 위해 후회와 절망이 가득한 현실을 피해 다시 돌아오지 못할 길일지라도 어딘가 조용히 떠나야만 했다. 내 속의 나를 돌아 볼 수 있는 긴 휴식이 필요했고 서로를 용서하는 방법을 배우고 싶었다.

다 식은 커피 한 모금이 목 줄기를 타고 내려갔다.

나는 출국장 게이트 앞에서 사람들의 표정을 살피기에 급급했다. 누구든 붙들고 어디까지 가느냐고 물어야 하는 자신의 모습은 영락없는 촌뜨기였다. 신기하게도 순간 친구의 말이 떠올랐다.

"틀림없이 보호해줄 수호신이 나타날 것이니 걱정하지 말라."

신은 언제나 내 편이 아니라고 불평하면서도 성호를 그었다. 건장한 남자 서너 명이 수다스럽게 이야기하고 있어 '어디까지 가느냐'는 물음에 뚱뚱한 젊은이가 '파리까지 간다'는 퉁명스런 대답이 싸늘하게 되돌아 왔다. 여자보다 친절할 것이라는 내 생각이 한 순

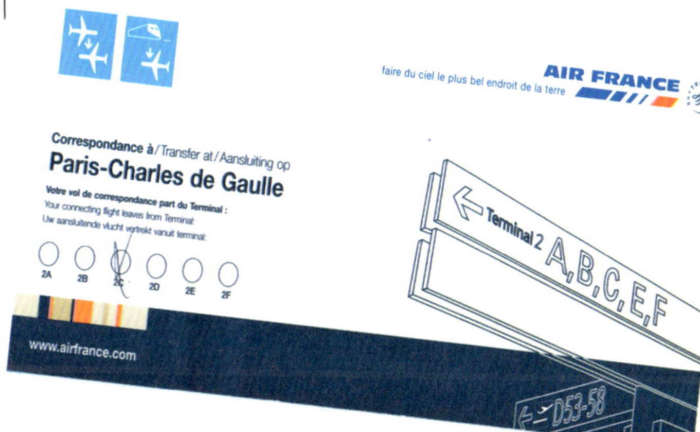

간에 빗나가 버렸다. 김치가 들어 있는 가방을 열어 보이며 저희들끼리 히히덕거렸다.

책을 읽고 있는 아가씨가 보였다. 조심스럽게 어디까지 가느냐는 내 물음에 역시 '파리'라 했다.

마르세유행 게이트까지 안내해 줄 수 있느냐고 물었다. 겁에 질린 듯한 내가 딱해 보였는지 두말하지 않고 그러겠노라는 대답이 흘러 나왔다. 비로소 안도감이 밀려왔다.

탑승하고 나서 보이지 않는 도움의 손길에 감사했다. 내 좌석번호가 33번인데 그 아가씨는 32번으로 한 줄 앞 대각선이었다. 옆 승객이 일행과 같이 앉고 싶다며 자리를 바꿔 달라 해서 그녀가 내 옆 좌석에 앉게 되었다. 전지전능하신 그분은 불평불만이 많은 촌뜨기의 기도를 들어주신 것이다.

나의 수호천사, 그녀는 소르본 대학에서 사회학 박사학위 과정 중에 있는 유학생이었다. 학구적인 타입의 검소함과 화장기 없는 모습이 신선하고 단아하게 보였다.

드골공항에 착륙하자 연착 때문이었는지 다른 곳으로 이동할 손님들은 차례를 지키지 않아도 된다며 다른 승객들에게 안내원이 양해를 구해줬다. 그때부터 언어가 다른 세계에 와 있다는 실감과 함께 팽팽한 긴장감으로 심장이 마구 뛰었다.

그녀의 짐을 찾아 카트에 싣고 파리 국내선 게이트를 찾아 나섰다. 물어서 가다보면 지하 1층이 나오고 또 묻고 가면 주차장이 나오고 그야말로 미로였다. 한참을 돌고 돌아 드디어 게이트에 도착했다. 그녀의 짐 찾는 시간부터 계산하면 한 시간 정도 걸린 듯싶은데 그 한 시간이 얼마나 초조하고 길게 느껴졌는지 모른다. 실의에 빠져 무기력하기만 했던 내가 뭔가를 향해 뛰는 모습은 곧 살아 있음이었다. 서서히 죽어가던 세포가 하나씩 살아나는 기분이었다. 그녀의 도움으로 미아가 되지 않고 무사히 마르세유에서 라씨오따 시에 도착할 수 있었다.

비로소 낯선 곳에서의 여행이 시작된 것이다.

나의 수호천사 신지은, 나를 위해 마르세유 행 게이트를 찾아 달려준 그녀에게 고마움을 전하고 싶다.

여독을 풀 겨를도 없이 프로방스의 작은 도시 라씨오따 시의 문화를 즐기기 위해 거리로 나섰다.

크고 작은 배들이 정박해 있는 해변가, 마침 장날이었다. 프랑스에서의 장날을 상상하지 못했던 나는 다소 충격적이었다. 그러나 서민들의 삶이 고스란히 담겨 있는 시장을 구경하는 것은 그 도시민의 생활상을 엿볼 수 있는 첩경이기에 반가웠다. 문득 수요일에 서는 우리 아파트 장날이 생각났다.

프로방스의 시장은 서서보고 냄새를 맡는 것만으로도 들뜨게 했다. 호기심을 자극하는 여러 가지 물건들을 눈요기하는 즐거움은 북적거리는 시장

에서만 느낄 수 있는 향수라서 그런지 갑자기 마음이 풍요로워졌다. 서민들의 주머니를 가볍게 해주는 곳은 동서를 막론하고 많은 사람들이 살아 숨쉬는 시장이었다. 다른 것이 있다면 각양각색의 모양과 냄새를 풍기는 수백 가지의 치즈와, 아름다운 빛깔들의 올리브 절임과 이색적인 모양의 과일과 야채였다. 그 외는 우리나라 시장과 다를 바 없었다.

곡선으로 늘어 선 장터를 끝까지 돌았다. 천막을 쳐 놓고 옷가게를 하는 사람들과 좌판을 벌여 놓고 손님을 부르는 모습들이 다양했다. 언어만 다를 뿐 소리를 지르는 모습들은 남대문 시장과 흡사했고 또 물건을 고르고 가격을 흥정하는 모습, 덤으로 하나 더 얻어가려는 풍경도 눈에 익었다.

기다란 바케트 빵을 장난감처럼 들고 다니는 사람들이 많았다. 저마다 비닐 보따리를 들고 다니면서 반가운 사람들을 만날 때마다 서로 얼굴을 부비며 인사를 나누는 소리 때문에 장터는 시끌벅적 소란스러웠다.

가방 하나를 골랐다. 제조원을 보니 메이드 인 차이나였다. 산더미처럼

크고 작은 배들이 정박해 있는 해변가에서 장이 선다

쌓아 놓고 파는 화려한 속옷들뿐만 아니라 고유의 식품만 뺀 제품 모두가 중국에서 만든 것이었다. 그래서 값이 쌌다. 우리나라 역시 중국에서 만들어 온 상품들이 시장을 점유하고 있는데 여기서 까지 그런 제품과 만났다. 이곳에서 사면 모두가 불란서제가 된다는 고정관념은 버리기로 했다.

중국에서 값싸게 만들어 왔기에 국내 제품보다는 월등하게 싼값으로 서민들의 구매를 만족시키고 있다. 중국이 몇 년 만 있으면 세계 시장을 휩쓴

다는 말이 맞는 모양이었다. 우리나라도 인건비에서 경쟁이 되지 않아 많은 제조업체가 중국으로 빠져나갔다. 그래서 실업률이 높은 건 아닌지 모르겠다.

시장 끝머리쯤 아랍 상인들 틈에 전통 차림을 한 중국인이 있었다. 옷 몇 가지와 소품들을 늘어놓고 손님을 기다리고 있는 모습이 무척 초라했다. 같은 황인종이라 그런지 반가워 물건을 팔아

주려해도 독특하거나 신선한 물건이 없어 그냥 돌아섰다.

언어도 다르고 생긴 모양도 다른 사람들 틈에 낀 내 모습이 다소 어색했지만 자유스러웠다. 타인을 의식하지 않아도 된다는 사실이 편안했다. 무거운 옷을 벗어버린 느낌이라고나 할까, 그런 홀가분함이 바로 여행의 기쁨이 아닐까 싶다. 물건을 사면서 이곳 사람들이 알아듣지도 못하는 우리말을

아주 자연스럽고 능청스럽게 구사한다고 동생이 마냥 웃었다.

집으로 돌아오는 길에 우리나라 로고가 새겨진 자동차를 만났다. 또 글씨도 선명한 에어컨이 큰 건물 창문에 매달려 있었다. 대형 백화점의 벽걸이형 TV가 우리나라 삼성 제품이었고, 디지털카메라와 핸드폰이 좋은 위치에서 손님을 기다리고 있었다. 동생 시댁에서도 우리나라 TV와 전축을 만났다. 노부부가 엄지손가락을 들어 보이며 세계 최고라는 제스처에 뿌듯했다.

세계 시장에서 당당히 어깨를 겨누고 있는 우리나라 제품을 자주 만났다. 그중에서 가장 감동적이었던 건 망통에 있는 장콕도의 기념관에서였다. 그의 기념관에 들러 그림과 도자기와 책 등 수많은 유물을 관람하고 흥분이 채 갈아 앉기도 전이었다. 우연히 바라본 창가에 우리나라 LG 로고가 선명하게 새겨진 냉난방기기가 우뚝 서 있었다. 그 순간 묘한 감정이 교차했다. 장콕도를 만난 흥분보다는 모국에 대한 뭉클함이 번개처럼 가슴속을 지나갔다. 위대한 장콕도의 유품 보존도 우리나라의 기술에 달려 있다는 사실에 대단한 자부심이 느껴졌다.

외국에 나오면 다 애국자가 된다더니 나 또한 예외는 아닌 듯싶었다. 그래서 국력을 키우고 인재를 양성하는지도 모르겠다.

문화는 다르지만 시장에서 구수한 사람 사는 냄새를 맡을 수 있어 좋았다. 다시 삶에 대한 의욕이 조금씩 일어나는 것 같았다. 좌판에 늘어놓은 빨간 석류가 가을의 전령사가 되어 여행자의 마음을 들뜨게 했다.

두 번째 바람과의 만남
미스트랄(Mistral)

밤새 몸부림치는 나무들의 춤판을 본 건 몇 십 년 전의 여름이었다. 지금도 생생한 그곳은 우리나라 지도상의 끝인 서해안 바닷가였다.

그때도 지금처럼 더 이상 도망 갈 곳이 없는 막다른 골목에 들어선 참담한 삶의 기로였다. 다르다면 그 때는 남편이 하는 사업마다 실패해서 오는 고통이었고, 지금은 살아 온 지난날을 후회 속으로 몰아넣는 절망이었다. 절망과 고통은 달랐다. 남편이 준 고통은 이겨낼 수 있었지만 자식이 준 절망은 이겨 낼 수 없었다.

남편은 평생 세월을 소비하면서 구름처럼 사는 사람이었다. 책임감이 결여된 남편은 자식과 가정이 우선이 아니라 타인을 위해 사는 사람처럼 항상 주머니를 털어 주고 오는 사람이었다. 가족의 말보다 남의 말에 귀를 기울이며 사는 사람이라 언제나 사업에 실패했고 또 고통이 따랐다. 견디다 못한 나는 현실을 잠시 모면해보려 서해안 바닷가로 떠났었다.

서해안에 도착한 날 낮부터 민박집 뒤에 서있는 소나무가 바람에 부대끼기 시작했다. 이윽고 비를 동반한 광란의 밤이 왔다. 폭풍우가 어찌나 몰아치는지 수십 그루의 나무들이 부딪치며 함성을 질러댔다. 난생 처음 들어보는 괴성이었다. 소나무의 뾰족한 잎들이 그렇듯 소름이 끼치도록 날카로운 소리를 낼 수 있다는 게 믿어지지 않았다. 거센 파도소리와 함께 소나무들의 몸부림은 밤새도록 이어졌다.

나는 그날 밤 광풍 속에서 순탄하지 않을 기나긴 내 삶의 여정을 예감했다.

드디어 날이 밝았다.

폭풍의 흔적은 한마디로 아픈 과거의 깊고 깊은 상처였다. 자연이 이전의 모습으로 바뀌기에는 많은 세월이 흘러야 했다. 몇 십 년생 아름드리

내 삶의 여정에 미스트랄 같은 광풍이 불어와도
흔들리지 않는 삶을 소망해본다.

소나무들을 뿌리째 뽑아버린 바람의 위력…. 그 중 몇 그루의 나무들은 미세한 흔들림으로 생존을 넌지시 알려줬다. 살아남은 자의 초라한 승전고였다. 자연의 섭리 앞에서 동경했던 죽음마저도 비겁해질 수밖에 없었던 그 해 여름은 참으로 길었다.

낯선 이국땅에 닻을 내린 지 3일째, 아침부터 갑자기 바람이 세게 불었다. 금방이라도 나무가 뽑힐 것 같은 거센 바람이 조용한 해양도시를 공포 속으로 밀어 넣었다. 옛날 서해안에서 만났던 영락없는 그 바람이었다. 뜨거운 태양을 가리기 위해 만든 육중한 셔터를 내리고 브라인드까지 내렸다. 아름다운 도시는 순식간에 바람의 지옥처럼 느껴졌다.

채 여독도 풀지 못한 여행자를 겁주는 광풍이었다. 리옹 남쪽에서 불어오는 '미스트랄'이라는 북풍으로 심할 때는 시속 130km로 달려 올 때도 있다고 한다. 미스트랄은 계절도 없으며 비를 동반하지 않는다고 하니 멀쩡한 날에 불어대는 바람이 더 무서웠다. 나무가 뽑히고 건물이 넘어지는 환상이 하루 종일 머릿속을 맴돌았다.

시속 60km라는데 나무들이 아우성이었다. 윙윙 울어대는 바람소리는 서해안에서 들었던 바람소리보다 더 음산하고 공포스럽기까지 했다.

그런데 이곳 사람들은 수시로 만나는 바람이라서 그런지 별 신경을 쓰지 않았다. 미스트랄은 그동안 쌓인 공해를 끌어 모아 바다로 날려 보내 줘서 오히려 이로운 바람이라며 여유를 보였다.

하루 종일 불어대고도 모자란 지 밤중까지 이어지는 미스트랄, 잠은 잘 잤느냐고 조카가 안부를 물어왔다. 아침에는 언제 그랬느냐는 듯 바람은 사라지고 고요, 그 자체였다. 어둡고 긴 터널을 빠져 나온 듯 했다.

해변으로 아침 산책을 나섰다. 야자수들의 넓은 잎들이 광녀의 머리 같았다. 그 바람 속에서도 잣나무와 노송들은 나름대로 살아가는 방법을 터득한 듯 의연한 자세로 작고 아름다운 도시를 지키고 있었다.

순간, 나는 서해안 바닷가와는 달리 이곳에서 상처를 치유하게 될지도 모르겠다는 생각이 들었다. 공해를 바다로 날려 보낸다는 미스트랄이 내 가슴속에 쌓인 분노도 지중해로 날려 보내줄 것 같았다. 포기하고 싶었던 생이 희망으로 바뀌고 절망을 딛고 일어 설 계기가 된다면 폭풍도 내게는 이로운 바람이 되지 않겠는가.

내 삶의 여정에서 몇 번이나 더 미스트랄 같은 광풍과 마주칠까. 이제는 두려워하기보다는 불어오는 바람 앞에 당당하게 맞서고 싶다. 튼튼한 바람막이도 만들어 흔들리지 않는 삶이 되었으면 하고 소망해본다.

부부로 산다는 것

동반자

오전에 동생의 시이모 댁을 방문했다. 동생 집에서 그리 멀지 않은 해변가 중심에 있었다. 이곳의 모든 길은 지중해로 향해있다. 부채 살처럼 나있는 길이지만 비슷비슷해서 골목을 잘못 찾았을 때는 해변으로 나갔다가 다시 입구부터 시작해야 쉬웠다.

골목은 몇 백 년의 모습 그대로였다. 어디선가 개구쟁이들이 우르르 몰려나올 것 만 같은 고샅길은 평화롭기 그지없었다. 낡은 창가에 그림처럼 매달아 놓은 화분들이 방긋 웃으며 이방인을 반겼다. 골목은 음산한 분위기를 주면서도 중세 분위기가 물씬 살아나는 곳으로 이국의 향수가 묻어나왔다.

비둘기 집모양의 하얀 이층집 대문을 밀고 들어갔다. 우리나라 단독주택처럼 마당이 있어서인지 그리 낯설지 않았다. 마당에서 일을 하고 계시던 노 신사분이 우리를 환영해 주었다. 목소리를 듣고 안주인이 나와 반기며 안으로 안내했다. 1층에는 거실과 조그만 주방이 있었다.

곱게 늙은 부부는 단아한 노신사이면서 정겨운 안주인이었다. 말이 통하지 않으니 동생이 통역을 했다.

노 부부와 함께

　부인께서 과자를 내오면서 '뭘 마시겠느냐?' 물었다. '커피'라고 했더니 모두가 의아해 한 표정이었다. 영문을 몰라 하는 나에게 어쩌면 흔한 커피보다는 귀한 음료수를 대접하고 싶었는지도 모르겠다. 역시 문화의 차이였다.

　리옹에서 살고 있는 칠순의 노부부는 피서 철을 이곳에서 보내고 9월 중순경에 돌아간다고 한다. 집안 구석구석 깨끗하게 정리가 되어 있고 외손녀 사진이 벽을 장식하고 있었다.

　노부부는 나에 대한 호기심인지 동생과 쉴 사이 없이 대화를 소란스럽게 나누었다. 내 이야기를 하고 있는 것 같은데 알아들을 수가 없어 답답했지만 그들을 향해 가끔 눈인사를 보내줄 뿐 따로 할 일은 없었다.

　나는 집 구경이 하고 싶어 일어났다. 눈치를 챈 부인의 안내로 협소하고 가파른 나선형 계단을 따라 2층으로 올라갔다. 거실도 없이 조그만 방만 두 개 있었다. 공간을 낭비하지 않고 최대한 살린 집의 구조는 살림보다는 피서 철을 보내기 위한 별장 비슷했다. 가구나 장식품이 별로 없어 여행자의 친숙한 숙소처럼 느껴지기도 했다.

이곳의 집들은 다 방이 작고 아담했다. 살롱과 거실과 침실이 따로 있다. 무엇이든 큰 것을 선호하던 우리와는 너무 대조적이었다. 창문 역시 이중문인데 아주 작았다. 그 작은 창문에는 흰색 레이스 커튼이 예쁘게 드리워져 있고 바깥 덧문에는 아름다운 꽃 화분들이 걸려 있어 한층 이국적인 정경이었다. 무엇이든 크게만 생각했던 선입관이 완전히 사라졌다. 고국의 내 작은 집과 방이 문득 그리워졌다.

이 노부부를 보면서 부부가 오순도순 함께 늙어간다는 사실이 아름다움으로 다가왔다. 살면서 부부싸움도 하고 살았겠지만 세월을 다 보내고 난 뒤 서로 의지하며 사는 이들의 모습에서 삶의 여유를 발견할 수 있었다.

나는 세월이 흐를수록 혼자라는 현실이 두려워지곤 한다. 노년으로 가는 길이 무서울 때도 있다. 일을 끝내고 내 보금자리로 돌아와 잠을 청하는 순간이 가장 외롭게 느껴진다. 혼자 살았던 세월이 많아서였는지 누가 옆에 있으면 불편할 때도 있었다. 그러나 이제는 무서운 정적이 점점 싫어졌다. 가슴 속에 품고 살았던 고통을 털어내도 받아 줄 정겨운 사람이 있었으면 하고 분에 넘치는 생각을 하게 된다. 얼굴 가까이 다가오는 벽과 천정을 밀어 내고 하염없이 쏟아내는 말을 들어 줄 사람이 그리운 것은, 나이가 들면서 삶에 대해 자신감이 없어 생긴 자연스런 현상 같다.

지상에 머무는 동안 동반자와 함께 한 노년이라면 그래도 조금은 성공한 인생이 아닐까 싶기도 하다. 남편과 사는 동안 내내 잃어버렸던 신뢰로, 괴로웠던 나날들이 새롭다. 부부로 함께 평생을 산다는 것은 존경과 믿음 그리고 사랑이 있어야 가능하지 않을까 싶다.

나는 백발이 성성한 이 노부부를 바라보며 10월의 바람처럼 가슴이 싸늘함을 느꼈다. 힘들게 살아오느라 느끼지 못했던 부부의 정이 바로 이런거구나 싶으니 부부로 함께 하지 못했던 세월들이 아쉬웠다.

얼마만큼 살면 시린 가슴이 따뜻해질까, 기댈 대상이 없어 늘 허전하고 쓸쓸했던 마음이 오늘 따라 더욱 깊어진 듯싶다.

나는 노부부의 사랑을 뒤로하고 집을 나섰다.

올리브 나무

중세기 마을

평소 올리브나무를 꼭 한 번쯤 보고 싶었다.

2004년 8월 그리스 아테네에서 올림픽이 열렸다. 그 때 등장한 은빛 올리브 나무는 미지의 세계에 대한 환상이었다. 그리스를 상징한 올리브 나무는 이상하게도 동화 속 나라에서나 볼 수 있는 신비감을 주었다.

며칠 전에 방문했던 노부부의 안내로 까스뜰레(Castellet)라는 중세기 마을을 방문했다. 마르세유와 뚤롱(Toulon)의 중간 길에 있고 바다와는 떨어져 있는 위치였다. 해변을 지나 시내를 빠져나가자 평화스러운 시골 풍경이 한눈에 들어 왔다. 포도 수확이 한창이었다. 포도나무는 키가 아주 낮은데도 물방울이 모인 것처럼 송알송알 달려 있었다.

와인으로 유명한 반돌(Bondol))을 지나자 산등성이에 마을이 나타났다. 오렌지 색 지붕을 이고 있는 집들, 덧창마다 핑크빛 부겐베리아를 달아놓아

나그네의 발길을 멈추게 했다. 프로방스(provence) 지역의 집들은 중세기 모습을 고스란히 간직하여 고색이 짙었다.

가스등이 세워진 어느 집 정원에서 바람에 흔들리고 있는 올리브 나무의 물결을 보았다. 앞뒤가 다른 은빛과 초록의 올리브 이파리가 바람에 흔들릴 때마다 신비한 은초록빛 물결을 이루었다.

그리스 올림픽 때 조명 불빛 아래에서 본 창백한 이파리가 아닌 생명이 꿈틀거리는 향연이었다. 외롭고 지친 방문객을 위한 위로의 향연 같았다.

대추 모양의 파란 열매가 주렁주렁 달려 있는 올리브 나무의 잎 모양은 피침 형이었다. 유럽에서는 그 가지를 평화와 충실의 상징으로 여긴다고 한다. 여름에 방향이 있는 옅은 녹 백색의 꽃이 피는 올리브는 타원형의 핵과였다. 익지 않은 열매는 땡감처럼 텁텁하고 떫은맛이 온 입안 가득했다.

올리브 숲 속에 자리 잡은 까스뜰레의 작은 성은 외부와 완전히 차단된 하나의 작은 마을이었다. 신석기 시대에 이미 사람들이 살고 있었으며 주민들은 올리브기름과 와인을 생산하면서 공동체를 이루었다고 한다. 지중해의 숲을 통과하는 화려한 풍경을

은빛과 초록의 물결을 이루는 올리브나무

보여 주는 곳으로 인간과 자연이 공존하는 아름다운 중세 도시였다. 자연계의 모든 사물은 생물이든 무생물이든 간에 영혼이 있다고 믿는 학자들의 말처럼 도란도란 속삭이는 혼령들로 가득한 고성이기도 했다.

980여년의 긴 세월을 견뎌낸 성당에서 종소리가 은은하게 울려 퍼졌다. 한국에서는 소음공해라고 금지하여 사라진 종소리였다. 고전 음악을 듣는 것처럼 마음이 편안했다. 성당 벽 틈새에서 비스듬히 자라고 있는 풀포기에도 하느님의 찬란한 사랑이 가득했다.

마르셀파뇰의 원작 「빵집 마누라」가 이곳에서 촬영됐다고 한다. 우리 일행도 영화의 한 장면처럼 노천카페에 앉아 성을 배경으로 차를 마셨다. 마치 주인공이 된 것처럼 잠시 착각에 빠지면서 중세기적 분위기를 마음껏 누렸다. 창가에 걸린 다양한 꽃들이 아름답고 눈부셨다. 영혼이 맑아진 느낌이었다.

머리 없는 종달새
(Alouette Sans Tete)

요리

나는 세월이 흘러가도 숙달이 되지 않는 것이 있다. 그것은 바로 요리와 노래다. 노래를 잘 부르는 사람이나 요리를 잘하는 사람들이 부럽다. 누군가를 위해 자신 있게 요리를 하는 사람은 참으로 행복한 사람들이다.

한국 음식을 비행기로 하나 가득 실어와도 부족하다는 동생 말에 된장 고추장 없이 지내는 것도 색다른 경험이다 싶어 밑반찬조차 준비해 가지 않았다.

그래도 다행인 것은 마늘을 많이 넣은 요리가 입맛에 맞았다. 거기다가 얇고 부드러운 초승달 모양의 크루아상 빵이 내 구미를 돋우었다. 밥과 김치는 간단하게 해 먹을 수 있었지만 굳이 우리 음식을 찾고 싶지는 않았다.

우리나라와는 달리 프랑스 가정식은 정말 간단했다. 비스켓과 우유 한 잔으로도 아침 식사가 되고 특히 점심은 바게트 사이에 치즈나 햄을 넣어 해결하는 경우가 많았다. 저녁 역시 아침과 점심에 비해 푸짐하다지만 바게트와 삶은 감자, 혹은 스테이크였다.

프랑스인에게 바게트는 한국인의 밥이나 다름이 없었다. 온갖 형식을 갖춰 미식가들의 입맛을 돋우는 프랑스식 요리가 많았지만 장소와 상관없이 바게트 빵에 야채를 듬뿍 넣은 샌드위치 하나로도 운치 있게 먹으면서 한 끼를 해결할 수 있어 좋았다.

동생은 오늘 나를 위해 특별 요리를 한다고 했다. 일명 '머리 없는 종달새 요리'였다. 어렸을 때 참새고기를 먹어 본 기억은 있지만 이름만으로도 생소한 종달새 고기를 어찌 먹나 걱정을 했다.

동생과 함께 종달새를 잘 다듬어준다는 가게로 향했다. 그런데 정육점으로 들어갔다. 은행처럼 번호표를 뽑아 들고 순서를 기다리는 동안 동생 몰래 종달새 고기를 찾아보았다. 껍질이 벗겨진 토끼가 옆으로 얌전하게 누워 있는데 종달새는 보이지 않았다. 행여 새장에 갇혀 있는 새를 잡나 싶어 두리번거리는 나를 보고 동생은 웃었다.

잠시 후 점원이 가지고 나온 건 실로 묶은 주먹만한 고기 덩어리였다. 아무리 봐도 종달새는 아닌 것 같은데 그게 요리 재료란다.

얇게 썬 네모난 소고기에 각종 야채와 고기 다진 것으로 속을 만들어 넣은 다음 내용물이 빠지지 않도록 실로 묶어 놓은 모양이 머리 없는 종달새 같다 해서 '머리 없는 종달새 요리'라 부른단다.

요리 방법은 올리브유에 잘게 다진 양파와 마늘을 볶아 놓고, 머리 없는 종달새는 센 불에 노릇노릇하게 지져 농축 토마토와 볶아 놓은 양념을 넣어 끓인다. 소금과 후추로 간을 맞추고 다임이라는 허브와 월계수 잎 두 장 정도를 넣고 약한 불에서 40분 정도 끓여주면 된다.

실을 풀어 가면서 포도주와 함께 먹는 맛은 상상으로 남길 생각이다. 다 먹고 난 후에도 머리 없는 종달새를 생각하면 웃음이 나왔다. 분명 와인의 알콜 때문만은 아니었다. 끝없는 상상 속에서 펼친 내 꿈 일부와의 만남 때문인지도 모르겠다.

그 날 밤, 지지배배 지지배배 때 아닌 봄노래를 부르며 지중해 연안을 훨훨 날아 다녔다.

따띠와 통통
(Tatie, Ton Ton)

위탁가정

동생은 여자 쌍둥이를 돌봐 주는 일을 하고 있었다. 이제 초등학교 1학년이다. 자매는 3살 때 고아원에서 동생 집으로 왔다. 어느 나라 아이들과 마찬가지로 투정과 다툼과 장난이 심해 온 집안을 난장판으로 만들어 놓았다. 이 아이들은 정신적 상처를 입고 동생에게 보내진 아이들로 정서 불안인지 가끔 돌출행동을 보였다.

부모가 이혼해서 갈 곳이 없거나 히스테리가 심한 부모, 알콜 중독, 성추행, 어린이 학대 등으로 양육을 할 수 없거나 혹은 아이들이 학대를 받으면 이웃이나 학교에서 보사부에 신고를 한다.

프랑스 정부에서는 이런 아이들을 위탁 가정에 맡긴다. 그런데 아동 학대도 범위가 워낙 넓어 아동복지국에 신고가 들어가면 조사를 받아야 하고 또 학대가 인정되면 아무리 부모가 원해도 자녀를 맡아 키울 수가 없다. 자녀가 의사를 표시하는데 아무런 대꾸를 하지 않을 때도 자녀학대에 들어간다고 한다.

동생이 위탁 받은 자매도 부모가 이혼하여 태어나자마자 영아원으로 보내졌다가 세 살 때까지 고아원에서 자랐다. 그러나 엄마의 히스테리가 심하여 아이를 양육할 수 없다는 판정을 받아 동생 집으로 보내진 아이들이었다.

이곳에서 위탁모의 자격 조건은 매우 엄격하고 까다롭다. 가족 모두 아이들을 좋아하고 사랑할 수 있는지 심리 테스트를 받는다. 또한 가족은 물론 동물까지 건강진단을 받아야 하고 부부 중 한쪽은 반드시 고정 수입이 있어야 한다.

2주에 한 번씩 아동심리학 박사에게 보육하는 아이들을 보여야 하는데 정신건강 상태를 검진 받는다. 아이들이 정상적으로 크고 있는지 성장과정을 사진으로 남긴다.

동생은 이 자매를 친부모에게 2주에 한 번씩 의무적으로 집에 데려다 준다. 부모와 너무 오랜 기간 떨어져 있으면 적응하기가 힘들기 때문이다. 가정으로 돌아가 정상적인 생활을 할 수 있도록 기회를 주기 위해서란다.

그래서 위탁모에게 길러지는 아이들은 위탁모와 정이 들면 안 된다. 아이들이 가정으로 돌아가지 않으려 하기 때문이고 또 그걸 방지하기 위해 보통 2년에 한 번씩 판사의 결정 아래 가정을 바꿔 생활하게도 한다. 그러니까 목적은 안정된 가정에서 잘 키워 가정으로 되돌려 보내기 위한 프랑스의 정책이었다.

프랑스의 출산 장려 정책 또한 훌륭하다. 젊은이들이 경제적 부담을 느끼지 않도록 하자는 데서 시작된다. 결혼 전 대부분의 젊은이가 동거를 하는 문화를 고려했다. 일단 동거에 들어가면 결혼한 것과 마찬가지로 인정을 한다. 동거하는 젊은이들은 가족 수당은 물론이고 출산과 육아 과정에서의 수당을 모두 받을 수 있다.

임신을 한 여성이 산부인과 진료를 받을 때나 출산 때도 모두 무료다. 산모가 아이를 낳으면 출산 수당은 물론 아이가 세살이 될 때까지 부모의 급여에 따라 육아 수당이 나온다. 다산 수당까지 나오는 프랑스는 세제 효과도 매우 크다고 한다. 3자녀 이상 가정에 파리 가족 카드를 발급하여 시에서 운영하는 모든 혜택을 할인 받거나 공짜로 이용할 수 있다.

프랑스는 출산을 최우선 정책으로 정해 아낌없이 돈을 풀고 있다. 학교에 들어가면 아이들 용돈도 나오고 크리스마스 때는 선물비가 따로 지급이 될 정도다. 우리나라와는 비교도 할 수 없는 먼 나라의 꿈같은 이야기일 뿐이다.

쌍둥이가 필자의 모습을 그려서 주었다

동생네 아침은 무척 시끄럽다. 자매가 쌍둥이면서도 얼굴 생김새도 다르고 좋아하는 음식과 취미도 다르다. 아침마다 씻기고 머리 묶어 주고 가방과 과제물까지 챙겨 학교에 데려다 주고 오는 시간은 한 시간 사이에 일어나는 일들이다.

두 아이를 챙겨야 하는 동생은 늘 지쳐 있다. 몇 번씩 말을 해야 듣는, 우리나라 나이로 미운 일곱 살이었다. 나와는 서로 언어가 통하지 않아 행동으로 보여주면 들은 척도 하지 않았다. 자칫 소리라도 지르면 아동 학대라고 할까봐서 아예 동생을 불러서 해결했다.

아이들은 특유의 제스처를 쓰면서 자기들의 권리를 주장하기도 한다. 자신의 행동에 제한 받기를 싫어하고 하고자 하는 일은 고집을 부리면서까지 상대방에게 어필한다. 아직 분별력이 없어 옳고 그름을 판단하지는 못하지만 자신의 입장을 충분히 설명한다. 교육적으로 예절을 가르치기 위해 다른 식구들에게 피해가 되지 않도록 조용히 할 것을 권유하지만 이 아이들의 생각은 다르다. 떠들며 놀 수도 있고 울 수도 있다는 권리를 주장하고 나온다. 문득 내 권리는 뭔가 생각 해봤다. 아니 찾고 싶은 권리는 뭘까 하고.

권리, 찾기도 전에 다 포기한 듯싶다. 엄마로서의 권리도 포기한 지 오래다. 주장하기도 전에 박탈당한 기분인 내게 이 아이들의 사소한 권리다툼이 새롭게 느껴졌다.

동생은 자매를 등하교 시켜준다. 교문 앞에서는 진풍경이 벌어지는데 '쪽~' 소리를 내며 양 볼에 입맞춤하느라 시끄럽다. 스킨쉽으로 시작하고 마무리하는 이 나라의 인사법이 부모와 아이들의 결별을 막는 동기가 되었으면 한다.

따띠와 통통은 불란서 말로 아줌마와 아저씨다. 아이들은 나를 세례명인 '루시아'라고 불렀다. 우리나라 정서대로라면 '따띠'보다는 '엄마'라 부를만도 한데 금지되어 있다고 한다. 동생은 애들이 벗어 던져놓은 옷과 양말을 치우면서 하루를 시작하고 또 하루를 보내는 일을 반복하고 있다.

어른들의 문제로 부모와 떨어져 동생에게 맡겨진 쌍둥이 자매가 상처를 치유 받고 정상적으로 자라 행복한 삶을 누리기를 기도한다.

지구에 금을 그어 놓은 듯 아름다운 라 씨오따 해변가

77일간 머물었던 라 씨오따 시는 지중해를 끼고 있는 아주 작은 항만도시였다. 빼어난 정치가 유명하여 세계에서도 열 번째 안에 드는 아름다운 곳으로 '사랑 만'이라고도 부른다. 휴양도시인 라 씨오따에는 3만2천여 명 정도가 상주하고 있지만 피서 철에는 10만이 넘는 인파로 북적거리는 환상의 도시다.

지구에 금을 그어 놓은 듯 백사장이 선명한 이곳은 파도 소리 뿐 소음이 거의 없다. 해안을 따라 달리다 보면 10월인데도 해변에는 풍만한 젖가슴을 반라로 드러낸 젊은 여인들이 한가롭게 일광욕을 즐기고 있다. 햇빛을 찾아 즐기는 풍경은 영화에서나 볼 수 있는 장면들로 연출되어 호기심을 불러 일으켰다.

수심의 깊이에 따라 다양한 빛깔로
반짝이는 지중해는 비린내가 나지
않았다. 대신 크고 작은 레저용
요트들이 정박해 있는 풍경은 마치
그림엽서를 원색 그대로 걸어 놓은 듯
아름다웠다.

마르세유에서 라 씨오따시까지는
32km정도, 프랑스 최남단인 이곳
해변을 따라 올라가면 생 트로페, 칸느,
니스, 모나코 등이 나온다. 해변가
도로에는 야자수 나무와 잣나무가
서있어 우리나라 제주도의 풍경과도
같아 그리 낯설지 않았다.

나지막한 산 밑으로는 프로방스
스타일의 주황색 지붕에 올리브색으로
칠해진 집들이 아담하게 자리 잡고
있다. 아파트는 듬성듬성 있지만 거의
3층에서 5층이었다. 빌딩 숲과
아파트촌을 이루고 있는 우리나라와
비교가 되었다.

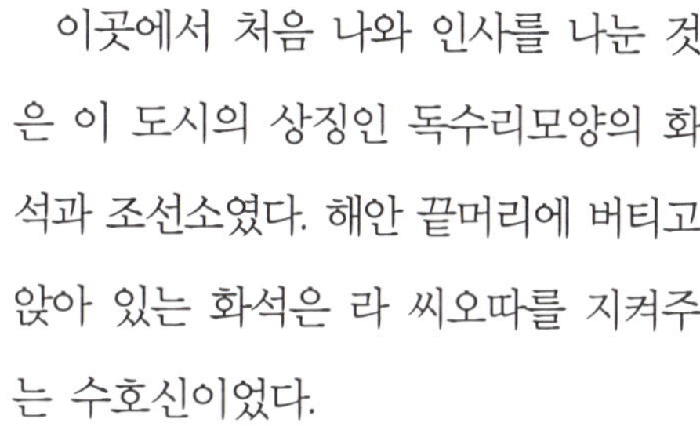

이곳에서 처음 나와 인사를 나눈 것은 이 도시의 상징인 독수리모양의 화석과 조선소였다. 해안 끝머리에 버티고 앉아 있는 화석은 라 씨오따를 지켜주는 수호신이었다.

조선소는 몇 십 년 전 인건비가 싼 우리나라에 밀려 문을 닫았다고 한다. 그로 인해 많은 실업자가 생겨 일자리가 부족한 상태였다.

지금은 우리나라도 인건비가 싼 중국으로 사업체가 옮겨가고 있다. 국제사회의 현실이 느껴져 씁쓸했다.

둥글납작한 산에 오르면 유럽에서는 첫 번째, 세계에서는 두 번째로 높다는 절벽이 아스라이 바다에 걸쳐 있다. 마침 4대의 요트가 경주를 하고 제트기는 응원하듯 흰줄을 긋고 지나갔다. 시선을 두는 곳마다 빼어난 절경으로 전율이 일었다.

절벽에서 바라본 바다는 에메랄드빛

으로 반짝였다. 무한한 공간에 펼쳐진 대자연의 향연은 숨통을 조여 왔다. 술잔에 떨어진 달을 보고 빠져 죽고 싶었다던 시인처럼 아름다운 절경 앞에서는 무겁기만 하던 죽음도 꿈처럼 몽롱했다. 죽음에 대한 두려움을 잠시 유보시켜주는 자연의 배려는 감동적이었다. 그 빛깔만큼이나 깊이 있는 삶을 마음속에 그려 두었다.「레 미제라블」영화에서 장발장이 일하던 채석장이 희미하게 보였다. 그 밑으로는 나체촌 해수욕장이 있다. 성수기에는 많은 사람들이 이곳을 찾는다는데 자연을 숭배하는 사람들의 한바탕 축제일지도 모른다는 생각이 들었다.

신의 선택을 받은 라 씨오따는 1429년부터 마을로서 자리를 잡았다는 기록이 있다. 1720년 프랑스 전역에 페스트균이 휩쓸었을 때 항구를 미리 막아 유일하게 전염되지 않은 도시이기도 하다. 해마다 11월에 이를 기념하기 위한 큰 축제가 열리고 있는데, 이번에 역사적인 행사로 공식 인정됐으며 전 유럽으로 알려 동참할 수 있도록 대대적인 계획을 세우고 있다고 한다.

1895년에 루미에르 형제(Louis 1864-1948, Auguste 1862-1954)가 세계 최초로 라 씨오따 기차역에서 영화를 촬영한 곳으로도 유명하다. 이 영화가 공용으로는 파리에서, 사설로는 라 씨오따의 에덴극장에서 1899년 세계 최초로 영화가 상영되었다고 한다. 그 당시 에덴극장에는 관객이 5명이었는데 관중석으로 기차가 달려오는 줄 알고 깜짝 놀랐다는 일화가 있다. 지금은 극장이 폐쇄됐지만 다시 복원하기 위해 모금운동을 벌이고 있는 중이라고 한다. 담쟁이 넝쿨에 둘러싸인 '에덴'이라는 간판이 역사를 자랑하듯 이끼

옷을 두껍게 입고 있었다.

낡고 칙칙한 창문마다 화분을 걸어놓아 골목 전체 분위기가 화사하게 살아났다. 도시계획 없이도 몇 천 년을 자연스럽게 살면서 옛것을 지키는 그들의 여유가 부럽다. 라 씨오따는 개발되지 않아서 더없이 아름다운 도시처럼 보였다.

신호등 대신 꽃으로 장식된 로터리가 많아도 전혀 혼잡하지 않다. 기다리거나 혹은 돌아가는 여유가 있어 서두르지 않아도 되었다.

오렌지 빛 태양에 물든 10월의 아름다운 라 씨오따시가 서서히 가을로 향하고 있었다. 이방인의 꿈도 함께 무르익어 갔다.

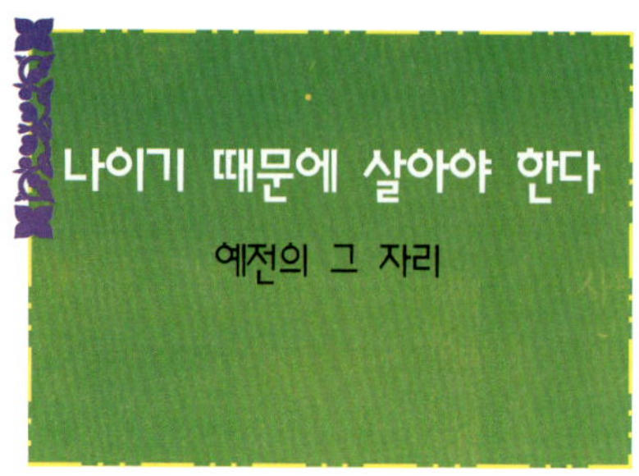

나이기 때문에 살아야 한다
예전의 그 자리

요즈음도 성체를 모시고 난 후 자꾸 눈물이 쏟아진다. 내 인생에서 아직 흘릴 눈물이 남아 있는지 멈추지를 않는다. 은은하게 성가가 흐를 때마다 실핏줄이 팽창하면서 전율도 함께 오는 것 보면 아마도 웃을 일 보다는 또 울어야 하는 날이 많은 건 아닌지 불안해진다.

이렇게 눈물이 많을 때는 언제나 내 자신이 심하게 흔들려 위기감이 들 때 나타나는 징후들이다. 도저히 내 힘으로 감당할 수 없어 절대자의 손길을 애타게 기다리는 순간이기도 하다. 이 고통을 벗어나게 해준다면 당신께 순종하겠다고 수없이 고백하는 시기도 바로 이 때다. 지킬 수 없는 약속으로 자신을 기만하는 죄인이 되는 순간이 되기도 한다.

뜨거운 눈물 속에서 나의 하느님을 만나면 자식들은 돌아섰지만 어미는 그 자리에 꼭 머물러 있게 해 달라고 애원하고 싶었다. 예전의 그 자리에…

　　결혼 후 처음으로 경제적인 위기가
닥쳤을 때 두려움과 고통을 이겨 보려
개종하기 전 교회에 가서 기도에 매달
린 적이 있었다. 확실한 믿음은 없었지
만 전지전능하신 그 분한테 모든 괴로
움을 털어내고 싶었다. 터질 것 같은 가
슴속을 비워내고 싶었다.

　　기도하는 매순간마다 자신도 모르게
걷잡을 수 없는 눈물이 흘렀다. 성가대
의 찬양과, 설교 말씀과 기도 등 교회의
모든 전례의식이 내 몸에 와 닿는 순간

감전이라도 되듯 떨리면서 주체할 수
없는 눈물이 나왔다. 간절하면 할수록
간절한 만큼 그 양은 많아졌다. 고통의
양보다 더 많은 눈물을 쏟아냈었다.

　　눈물이 주는 카타르시스였을까. 세월
이 흐른 후에야 내 자신이 치유 중이었
다는 사실을 알았다.

　　그러나 지금은 옛날의 고통과는 다른
의미의 눈물인 듯싶다. 먹고 살기 위해

서 몸부림치는 절규가 아니라 자식들과 주고받은 상처를 쉽게 치유할 수 없는 안타까움 때문이다.

내 모든 삶을 걸었던 희생이 보람보다는 노동에 불과했다는 것을 깨달았을 때 오는 절망 또한 눈물의 근원이 되고 있다. 가슴속을 꽉 채웠던 자식들에 대한 사랑이 조금씩 멀어지면서부터 눈물이 새롭게 고이는 건 아닌지 모르겠다.

돌아보면 내 삶의 실체는 자식들이었다. 온갖 시련과 고통을 이길 수 있었던 것도 분신들에 대한 믿음이었다. 살아 있음의 전부였다. 그러나 자식들이 떠나면서 하나씩 던지고 간 절망은 시간이 흘러가도 사라지지 않고 있다. 그 후유증으로 모든 고통에도 무디어져 버린 비정한 어미가 되어 가고 있다.

상처가 너무 깊었던 탓인지 나는 아직도 분노 속에서 헤매고 있다. 지혈이 되지 않은 채 흐르고 있는 가슴속의 선혈을 언제쯤 씻어 낼 수 있을지 나 자신도 모르겠다.

여행 중 미사에 참여했다. 행여 비정한 어미의 마음이 눈 녹 듯 풀리지 않을까 해서다. 역시 눈물만 하염없이 쏟아졌다. 빙하가 녹아내리듯 흐르는 뜨거운 눈물 속에서 나의 하느님을 만나면 자식들은 돌아섰지만 어미는 그 자리에 꼭 머물러 있게 해달라고 애원하고 싶었다. 예전의 그 자리에….

낯선 교우들의 얼굴에 은총이 가득했다. 우리가 존재한 세계 어느 곳에서도 따뜻한 미소로 반기는 그분의 사랑은 넉넉했지만 나는 아직도 어둡고 긴 회랑의 끝에 서 있는 느낌이 들었다. 성체를 모시는 행렬을 보면서 무겁기만 한 내 삶을 잠시 내려놓았다.

"인생은 누구를 위해 사는 것이 아니라 나이기 때문에 살아야 한다."
는 그 분의 말씀이 눈물을 타고 내려 왔다.
'내 눈에 주의 눈물 채워 주소서.'

변신을 해보면 어떨까

쟈키와의 만남

염색을 하면 머릿결이 나빠지기도 하지만 다시 길어 나면 이중으로 색깔이 남는 모양이 싫어 웬만해서는 하지 않고 살았다. 파마만 가끔 하면서 몇 십 년 동안 똑같은 머리만 고집해왔다. 그러나 이제는 긴 머리도 어울리지 않고 또 하나씩 늘어나는 흰머리 때문에 무슨 머리를 해도 자신감이 없어졌다.

40이 넘으면 자기 얼굴에 책임을 져야 된다는 말처럼 머리 모양도 나이와 관계가 있어 잘 선택해야 된다. 긴 생머리가 좋아 따라하다 보면 초라해서 볼 수가 없다. 젊은 날의 모습만 생각하고 머리를 손질했다가는 몸 따로 모양 따로 된다.

젊었을 때 엄마들은 왜 숏 컷만 하는지 참 궁금했다. 그런데 내가 그 나이가 되고 보니 탄력을 잃어버린 머릿결은 짧은 머리밖에 어울리지 않았다.

나이를 먹게 되면 책임져야할 부분이 얼굴과 머리뿐이 아니다. 굵어진 허리와 뱃살, 그리고 늘어진 피부의 탄력은 또 어떤가. 나이와 비례해서 불어나는 살들과의 전쟁은 끝이 없다.

변화를 두려워했던 내가 이곳에서는 뭔가가 달라져야 한다는 생각이 들었다. 우리나라에서는 전혀 느끼지 못했던 머리색이 특별할 정도로 까만데다가 얼굴이 황색이라 스스로도 이질감이 느껴졌다. 아시아계 사람들이 거의 없어서 내 모습은 더욱더 튀었다. 꼭 미운 오리 새끼마냥 혼자서만 외톨이가 된 느낌이었다.

그렇다고 모든 사람들이 다 금발은 아니었다. 혼혈들이 많아 아랍계 사람들은 곱슬머리에 검은색이었다. 마르세유에는 아랍인 타운이 있을 정도로 아랍인들이 많았다. 세계 어느 나라나 순수 혈통이 점점 사라지고 있는 현실은 이곳도 예외는 아니었다.

100년 전에 비해 금발을 찾아보기가 힘들어 진다고 한다. 푸른 눈에 흰 피부를 가진 금발을 가장 좋아한다는 서양 사람들의 미인 조건이 사라지고 있다는 것이다. 우리나라 역시 동남아권 여성들과 결혼하는 사례가 많아 혼혈아들이 늘어나고 있다.

프랑스 여자들처럼 금발은 아니더라도 조금은 변화를 주고 싶어 동생 친구 쟈키한테 파마와 염색을 부탁했다. 머리를 하는 동안에도 불안했다. 그러나 브라운으로 부분 염색을 한 후 생각보다는 한층 부드러워 보였다. 그렇다고 백조가 된 느낌은 아니었다. 본래의 내 모습이 조금 변했을 뿐 나는 여전히 황인종이었다.

쟈키는 제부의 오랜 친구 부인으로 동생네와 친하게 지내고 있었다. 나보

다는 어리지만 동양 사람들과는 달리 조금 나이가 더 들어 보였다. 일광욕을 무척 좋아한 탓인지 검게 탄 얼굴에 죽은 깨가 군데군데 나 있어 얼굴이 까칠해 보였다.

동생은 내 나이를 장난 삼아 몇 살로 보이는지 많은 친구들에게 묻곤 했다. 어떤 사람이 사십 대로 보인다고 하자 그의 부인이 '왜 그리 많이 주느냐'고 핀잔을 줬다. 쟈키도 내 나이를 스무 살을 낮춰주어서 얼마나 웃었는지….

나를 젊게 봐주니 고마웠지만 보통은 내 나이를 의식하지 않고 사는 편이다. 누가 나이를 물으면 얼른 생각이 나지 않아서 남편과 몇 살 차이라는 것을 계산하여 대답했다. 내 나이는 몰라도 이미 떠난 남편 나이를 기억한다는 것은 아이러니가 아닐 수 없다. 나이에 관심이 없는 것은 여러 가지 이유가 있겠지만 아무래도 나이 먹어 가는 게 싫어서이지 않을까 싶다.

쟈키는 각 가정을 방문하면서 머리를 해주고 있다. 그의 딸도 미용학원에 다니고 있었다. 언젠가 길에서 만났을 때 전통적인 프랑스 미인으로 무척 예뻤다. 쟈키 역시 젊은 시절의 사진을 보니 로미 슈나이더를 많이 닮았다. 내가 보기에는 이곳 사람들 모두가 영화배우처럼 잘생기고 아름다웠다. 특히 깊고 푸른 눈은 흡인력이 있어 금방이라도 빨려 들어 갈 것 같은 착각을 일으키게 했다.

서양 사람들은 십대까지는 정말 예쁘고 앙징스럽다. 그런데 18세가 되면 가정을 떠나 독립을 하게 된다. 이때부터 이성을 알고 술과 담배를 배워서 그런지 빨리 성숙해지고 노화 속도 또한 빠른 것 같다.

친절하고 따뜻한 마음을 지닌 쟈키가 나와 동생을 자기 집으로 초대한다는 약속을 남기고 돌아갔다.

거울속의 내 모습은 다소 생소해 보였다.

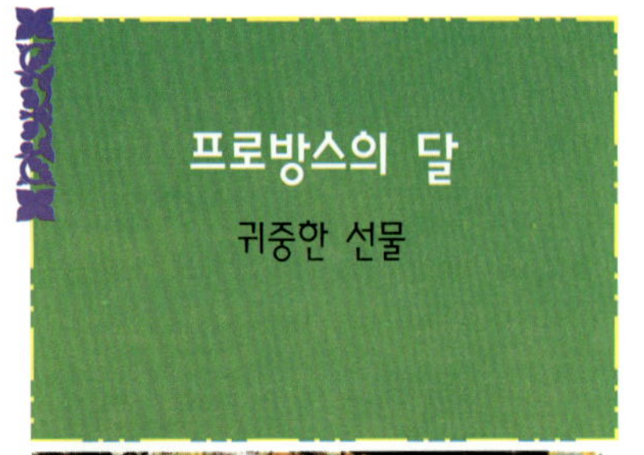

프로방스의 달

귀중한 선물

추석날이다.

프로방스에서 맞는 명절이 더욱 새롭게 느껴진다. 달과 별을 언제 보았는지 기억이 아득하다. 불을 밝혀 놓은 듯 훤한 달빛에 눈을 떴다. 낮은 산자락 위에서 촛농처럼 자작자작 타오르는 달빛이 설움 많은 이방인의 가슴속으로 파고들었다.

보름달에 소원을 빌면 이루어진다 했던가, 잠시 두 손을 모으고 눈을 감았다. 우리나라에서는 이미 조상들과 한 잔의 술이 오고 갔을 시간이다. 오랜만에 가족들과 만나 정겨운 이야기로 꽃을 피우고 있는 행복한 가정들이 떠오른다. 이 날 하루를 위해 수십 시간을 달려가곤 했던 고향은 이제 먼 추억으로 남아 있다.

추석 달에게 하늘나라에 계신 친정어머니의 안부가 묻고 싶어졌다. 정말 혼령이라도 이 지상에 떠돈다면 딸의 애환을 아시련만 아무런 예시가 없다. 여행 오기 전 어머님이 다니셨던 성당에 연미사를 신청하고 산소에 들러 왔기에 마음은 조금 가볍다.

아침 일찍 동생과 시내로 나갔다. 고국에서 명절을 보내지 못하는 아쉬움을 떨쳐볼까 싶어서였다. 고국에 대한 향수라고 할까, 아무튼 서로의 쓸쓸함을 달래주기 위해 거리로 나섰다.

마침 우리의 추석명절을 축하라도 해주듯 전통의상을 입고 있는 사람들을 만났다. 거리를 다녀도 전통의상을 입은 사람을 만날 수가 없었는데 운이 좋았다. 우리도 한복을 결혼식이나 명절, 잔칫날 등 특별한 날만 입듯이 오늘 만난 사람들도 무슨 행사가 있는 듯싶었다.

레이스가 달린 모자와 앞치마, 폭이 넓은 스커트 차림의 여자들과 턱시도를 입은 남자들이 시청 앞에 모여 있다. 마르세유에서 국제박람회가 있고 또 라 씨오따 시 소방서 앞 광장에서 축제가 있어 가는 중이라고 했다.

도시가 세워진 1848년의 전통풍습을 이어가기 위해 민속음악, 춤, 공연 등으로 그 시절을 재현하는 것이라고 한다. 위대한 역사를 후손들에게 전하고자 열심히 노력하고 있다는 설명을 아끼지 않았다. 또한 프로방스 출신의 대 시인 프레데리크 미스트랄(Frederic Mistral 1830~1914)이 1904년에 노벨문학상을 받았고 또 그를 기념하기 위해 동상제막식을 했다는 소식도 들려주었다. 귀중한 추석 선물을 덤으로 받은 기분이었다.

자료에 의하면 프레데리크는 19세기에 프로방스 어문학의 부흥을 주도했고 문학과 언어학에 이바지한 공로로 노벨문학상을 받았다고 한다. 특히 프로방스어와 관습을 유지하기 위해 모임을 창설했고 자신이 태어난 고장에 대한 애정을 시에 쏟아 부었다. 장시 「론강의 시」는 12편으로 이루어진 본격적인 서사시다. 그리고 「미레유」라는 작품에서 구노가 영감을 얻어 오페라를 작곡했다. 프로방스어로 창작을 한 프레데리크는 오크어 학술사전을 만드는데 20년이 걸렸다고 한다.

친절한 시민의 도움으로 이곳 출신의 대 시인을 조명해볼 수 있어 큰 행운이었다. 작가라면 누구든 한번은 꿈꾸는 노벨문학상이지 않는가. 멀기만 하는 그 길을 갈 수 없다면 수상자들의 작품이라도 읽으며 정진해야 되지 않을까 싶다.

추석이 주는 의미는 풍요로움이다. 더도 말고 덜도 말고 한가위만 같으라는 말처럼 내 인생도 오늘만 같았으면 싶다.

이국에서 맞는 생일
미역국을 끓여준 동생

몇 년 전 중국에 잠깐 여행 갔을 때도 추석과 함께 생일을 맞았었다. 이국에서 맞는 두 번째의 생일날이다. 추석 다음날이어서 대부분 새 음식으로 상을 차리지는 않았다. 명절 음식으로 대신하며 아이들이 마련해준 선물을 받는 것으로 생일을 맞이하곤 했다.

그러나 생일을 맞이할 때마다 나를 향수에 젖게 한 것은 친정어머니가 늘 해주셨던 시루떡과 정화수 그리고 기도다. 그 어떤 선물보다도 기억에 남는 것은 바로 어머니의 정성이 담긴 사랑이 아닌가 싶다. 가톨릭으로 개종하신 후에도 돌아가시기 직전까지 손에서 묵주를 놓지 않으셨던 어머니의 기도를 잊을 수가 없다.

기도로 하루를 열고 하루를 마감하셨던 어머니의 추억 때문인지 생일만 되면 나만을 위한 특별한 사랑이 기다려진다. 평소와는 다른 날처럼 구분이 되는 것 보면 혼자서 생일을 즐기려는 것은 아닌가 싶기도 하다. 어떤 때는 아이들처럼 오늘이 내 생일이라고 말하고 싶을 정도로 들뜬 적도 많았다.

왜 특별한 날이라고 생각을 하는지 나 자신도 모른다. 세상에 태어난 것이 뭐 그리 중요하다고 손꼽아 기다리는지 웃지 않을 수 없다. 그러나 가족 이외의 사람이 챙겨주고 기억해 주는 것처럼 좋은 선물도 없다. 한 통의 축하전화가 기쁨이 배가 될 때도 있다.

프로방스에서 맞는 생일날 아침 식탁에 미역국과 연어, 그리고 시금치나물과 김치가 놓여 있었다. 거기다가 포도주와 선물이 나를 반겼다. 나도 몰래 차려진 생일상 앞에서 형언할 수 없는 동생의 사랑이 느껴졌다. 자식들 외에 처음으로 받아본 마담 보알라 가족의 생일 축하 노래에 이렇듯 행복해도 되는가 싶어 가슴이 뛰었다.

누구를 위해 정성으로 준비하는 마음을 감동으로 받아들이는 것이 진정한 기쁨이 아니겠는가. 누군가에게 주고 싶어 하는 마음도 즐거움 중의 하나가 된다. 좋아할 상대방을 생각하면서 고르는 선물 또한 받는 것만큼 설렌다.

'선물 받는 것보다 선물하는 것이
더 기쁘다고 말하기 보다는 선물을
주는 것도 기쁘고 받는 것도
기쁘다고 고백하면서
날마다 새롭게 선물을
준비하는 선물의
집이 되고

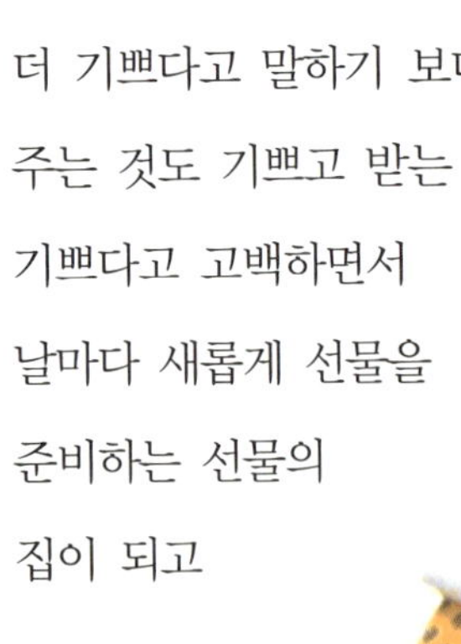

싶다'라는 이해인 수녀의 글처럼 선물은 늘 기쁘다. 먼 이국에서 눈물의 미역국을 먹어 보지 않은 사람들은 이 진정한 의미를 모르리라.

생일축하는 이 세상에 태어남을 축하한다지만 누구와 함께 하는가에 따라 의미가 달라지는 것 같다. 내 생일은 언제나 외로웠다. 그래서 더 갈증이 난 것은 아니었을까. 가족과 함께 하지 못하는 생일인데도 기다려지는 것은 더불어 나누고 싶은 사랑 때문인 듯싶기도 하다.

딸 수정이가 메일로 축하해 주었고 동생 친구 쟈키가 오후에 케이크를 보내왔다. 소중한 사랑을 받았다는 사실 하나만으로도 최고의 호사를 누린 느낌이 들었다. 한 살 더 나이를 먹었다는 쓸쓸함보다는 한 가족의 따뜻한 사랑으로 인해 기억에 남는 생일이 되었다. 아주 특별할 정도로 행복한 생일이었다.

버린 자와 줍는 자
성폭행의 후유증

오늘은 위탁아 자매가 아동심리학 박사와 상담하는 날이다.

2주에 한 번씩 하는 상담으로 전문가가 아이들과 자연스럽게 놀면서 정신상태의 이상여부를 살핀다고 한다.

나는 양해를 구하고 상담하는 곳에 동행하고 싶었지만 방해가 된다며 단호히 거부당했다.

아동심리학 박사는 상담을 통해 아이들의 변화를 아동복지국에 보고하게 되고, 보고서를 토대로 1년에 한 번씩 판사한테 재판을 받는다. 즉, 아이들이 부모 곁으로 되돌아 갈 수 있는지, 더 보호를 받아야하는지 결정을 하는 것이다.

쌍둥이 자매 중 큰애가 학교에서 아직도 속옷에 변을 묻혀 온다. 초등학교 일학년인데 다섯 살 때 당한 성폭행으로 정서가 불안하고 겁에 질려 있다. 늘 동생의 치마폭에만 매달려 산다. 상처를 덜 입은 동생과는 달리 혼자

하는 일이 별로 없다. 눈망울이 슬퍼 보이고 초조와 불안에 시달리고 있는 모습이 안타까울 정도였다.

큰애는 아동심리학 박사와 상담 중에도 동생의 놀잇감만 원하고 싸워서 애를 태웠다. 변을 속옷에 묻혀오는 것이 주변의 시선을 끌기 위함인지 아니면 심리 불안으로 인한 일시적인 현상인지는 두고 볼 일이란다.

마농이 그려준 그림

이 일은 남의 이야기가 아닌 바로 나한테도 일어난 일이다. 생각하면 가슴이 아리다. 직장생활을 그만두고 어린 손자를 일 년여 길렀다. 손자는 할미인 나에게만 의존하다시피 매달렸다.

자식과의 갈등으로 그런 손자를 떼어놓고 집을 나올 수밖에 없었다. 대소변을 멀쩡하게 가리던 아이였는데 대소변을 가리지 못한다는 소식이 들려왔다.

그 소식을 듣고 며칠 동안 아이의 우는 소리가 자꾸만 귓속에 들려와 미칠 것 같았다. 물 한 모금 먹지 못하고 이틀을 앓은 후 나는 독하게 마음의 결정을 내렸다. 내가 언제까지 키워 줄 수 없다면 그곳에서 견디며 살 수밖에 없는 어린것의 운명이라 생각하고 무거운 마음을 닫아 버렸다. 부디 잘 견뎌서 건강하고 훌륭한 사람이 되도록 기도로 대신했다.

그 후 손자 또래의 아이만 보면 몸무게를 가늠하기 위해 안아 보곤 했다. 길을 가다가도 그 녀석이 좋아했던 장난감을 보면 가슴이 마구 뛰었다. 입김이 서린 지하철 유리창에도 자동차를 그려 달라고 졸라 댈 만큼 좋아했던 장난감을 보지 않기 위해 한동안 문구점을 피해 다녔다.

이곳 프로방스에서도 녀석의 환영은 지워지지 않았다. 대형마트에서 먼저 눈에 들어온 것은 장난감이었다. 손자 구두를 사고 싶어 만지고 또 만지다가 놓았다. 결국 외손녀인 민서 구두만 샀다. 나는 지금도 이삿짐 속에 딸려 온 손자 형이의 양말 한 짝을 버리지 못하고 있다.

아직은 어린 손자 만나기가 두렵고 무섭다. 다시 할미와 떨어진다면 두 번의 상처가 되고 준비되지 않은 또 다른 이별이 왔을 때 서로 힘들어서다. 나의 애달픈 마음을 나중에라도 안다면 떨어져 살아 온 세월이 서운하지는 않으리라 믿는다.

나는 지금도 손자가 가슴속에 가득하다. 쌍둥이 자매가 저희들끼리 싸우다가 울어도 심장의 박동이 빨라진다. 내 어린것도 저렇게 울겠지 싶어 주방에 쭈그리고 앉아 가슴의 통증을 다스리곤 했다.

잠잘 때 머리카락을 비비꼬며 엄지손가락을 빠는 쌍둥이 자매 중 큰애의 이불을 덮어 주면서 일 년 동안 내게 전해졌던 형이의 체온을 수없이 느꼈다.

사랑은 언어가 통하지 않아도 전달이 되는지 내 침대로 오라 손짓하면

금방 뛰어 들어와 새근새근 잠이 들곤 했다. 팔딱팔딱 뛰는 심장 소리가 영락없는 내 어린것의 숨소리였다. 불면증으로 잠 못 드는 나에게 쌍둥이의 심장 소리는 아름다운 선율의 자장가로 들려 왔다.

버린 자는 부모가 될 수도 있고 자식이 될 수도 있다. 줍는 자는 사회가 되고 또 다른 자식이 되기도 한다. 서로 사랑하며 살아야 하는 관계가 버릴 수 있는 사이가 되어 버린 이 시대가 바로 비극이라는 생각이 든다.

상담을 마치고 나온 아이들의 표정이 다행히 밝다. 버려진 자의 가슴에는 언제나 건널 수 없는 강물이 흐르고 있다. 나는 이미 자식에게 버려졌기에 이 아이들의 고통을 안다. 그 아픔 또한 안다. 상처가 빨리 아물기를 기도해 본다.

이프성(chateau d, If)

희망의 섬

오늘은 몽테크리스토 백작의 흔적을 찾아 나서기로 했다.

아침 일찍 출발해 마르세유의 구 항구 벨쥬(Quai des Belges) 부두에 도착했다. 2시간마다 떠나는 장방형의 항구에는 요트와 소형 어선들이 빽빽하게 정박해 있었다. 갈매기들의 합창과 뱃고동 소리가 어우러진 부두는 생동감이 넘쳤다.

날마다 열린다는 어시장은 그야말로 성시를 이루었다. 눈에 익지 않은 생선에서부터 빛깔이 고운 조개와 새우 등이 좌판에서 손님을 기다리고 있었다. 비닐 앞치마를 두르고 생선을 칼질하는 상인들의 모습은 세계 어디서나 볼 수 있는 서민들의 삶 그 자체였다. 정직한 삶 앞에서는 숙연해질 수밖에 없는 진리가 비린내와 함께 항구에 흘러넘쳤다.

선착장에는 이미 많은 관광객들이 배에 탄 채 웅성거리며 출발을 기다리고 있었다.

이프성은 항구에서 2km 떨어진 작은 섬에 위치해 있다. 알렉상드르 뒤마(Alexandre Dumas 1802~1870)의 소설 「몽테크리스토 백작」에 나오는 에드몽 당테스가 갇혀 있었다는 섬이다.

이프성은 1529년에 대포를 수용하기 위한 시설이었지만 군사적인 용도로는 한 번도 사용되지 않았고 후에 일반 범죄자들이나 정치범 등을 수감했다고 한다. 1890년부터는 일반인들에게도 공개되었고 1926년 7월, 프랑스의 역사적인 기념물로 지정이 되었다.

물살을 가르며 푸른 바다를 미끄러지듯 20분 정도 달렸을까, 바다 한가운데에 둥실 떠있는 원통형 기둥의 이프성과 등대가 나타났다. 시체로 나오지 않으면 영원히 빠져 나올 수 없었다는 전설의 섬이 서서히 다가왔다.

바다에서 바라본 이프성은 섬세하게 스케치한 한 폭의 그림이었다. 성 자체는 돌산으로 모두 석회암이었다. 산화된 돌과 석회토로 지어진 성은 오랜 세월의 흔적이 역력했다. 시간이 정지된 듯한 그곳에는 수많은 혼령들의 숨소리가 음산한 바람으로 다가왔다. 석회정이 많아 금방이라도 으스러질 것 같은 성벽 사이에 새빨간 야생 제라늄이 방긋 웃고 있었다.

두 눈을 가리운 채 끌려 걸어올라 갔을 에드몽 당테스의 발자국을 힘겹게 따라 올라갔다. 나 역시 마음의 눈을 감고 한 계단 한 계단 올랐다. 당테스는 자신이 바다 한가운데에 버려졌다는 사실로 인해 절망을 보았지만 7년의 세월을 견디고 새로운 삶을 시작할 수 있었다.

성 자체를 받쳐주고 있는 건물 기둥에 구멍이 하나씩 뚫려 있었다. 그 구멍은 바깥세상과의 연결이며 바다를 향해 꿈을 꿀 수 있는 유일한 기도의 문이었다. 건물 안에는 프랑수와 1세와 뒤마의 사진이 걸려 있고 층층마다 「몽테크리스토 백작」 영화가 상영되고 있었다.

먼저 당테스가 뚫었다는 굴 앞에 섰다. 당테스의 방에 뚫린 구멍은 아취형으로 사람 몸집 하나 들어 갈 크기로 경사져 있었다. 감옥 자체는 모두 자갈로 만들어 있었고 생각보다 넓었다. 세상과 단절된 높은 철창 사이로

햇살 한 조각과 갈매기 울음소
리가 처량하게 흘러들어 왔다.

먼저 굴을 파기 시작한 파리
아 신부와 당테스가 나누었던
생과 사의 대화가 떠올랐다.

"오! 하느님 저는 당신이 제
소원을 들어주시리라 믿습니다.
저를 죽게 하지마소서. 부디 희
망을 주소서."

"도대체 누가 하느님을 찾고
희망을 말하는 건가?"

사각형의 마당에 있는 우물. 녹슨 두레박 속에 천년의
역사가 잠겨 있다.

절망에서 벗어나기 위한 두 사람의 목소리가 들리는 듯했다.

이번에는 세상으로의 탈출을 위해 몇 십 년 동안 파내려 간 파리아 신부
의 감방 쪽으로 향했다. 감방 문 위에 파리아 신부의 이름이(Abbe Faria
1811) 크게 적혀 있었다. 큰 방 하나를 지나 다섯 개의 계단 밑으로 또 다른
작은 방이 있었다. 방 오른쪽에 에드몽 당테스 방과 통하는 구멍이 있었지
만 그 방까지는 들어가지 못하도록 줄을 쳐 놓았다. 구멍을 통해 서로 왕래
를 하며 살아 나갈 수 있는 지혜를 모았던 것이다.

사각형의 마당에 있는 우물에 녹슨 두레박이 걸려 있었다. 벽면으로는
해바라기를 위해 죄수들이 졸고 앉아 있었을 두개의 낡은 의자가 세월을

말해 주었다. 사면으로 지어진 감옥 2층으로 올라갔다. 감방마다 묵고 있었던 유명한 죄수들의 이름이 붙어 있는데, 그 중에는 페스트균을 옮겨온 선장의 이름과 철가면에 나오는 쌍둥이 왕자가 감옥에서 썼던 철가면과 배 등이 진열되어 있었다.

루이 14세에게 미움을 받은 철가면이 이곳에 갇혀 있었는데 그는 루이 14세의 배다른 형제라는 이야기가 전해져 내려온다. 철가면은 1679년 이탈리아에서 투옥된 후 이프성으로 이송되었다가 파리의 바스티유에서 병사했다. 그는 죽을 때까지 철가면을 계속 쓰고 있었다고 한다.

17세기까지 수많은 정치범들이 갇혔고 또 3,500명의 개신교 신자들도 그곳에 투옥되었다는 안내 표지판이 붙어 있었다. 사형수가 머물었던 방은 쇠줄로 단단히 묶여있어 볼 수가 없었지만 다른 방들은 죄수들의 생활을 엿볼 수 있는 흔적이 낙서로 남아 있었다. 닳고 닳은 벽에도 그들의 상처가 고스란히 붙어 있고, 세상을 보기 위해 눈이 되어 주었던 작은 구멍은 푸른 바다를 그려 넣은 한 폭의 그림으로 걸려 있었다. 마침 어두컴컴한 곳에서 에드몽 당테스가 파리아 신부의 시체와 바뀌어 바다로 던져지는 장면이 TV화면에서 보였다.

폭풍우가 몰아치던 밤 파리아 신부의 시체와 바꿔치기 한 후 기적적으로 탈출에 성공한 에드몽 당테스가 어디쯤에서 바다로 던져졌는지 확인하고 싶었다. 나는 좁고 긴 나선형의 계단을 통해 맨 위층 옥상으로 올라갔다. 깊고 푸른 바다와 작은 섬들이 보였다. 당테스가 헤엄쳐 간 티불랑섬이나 메르섬이 어느 쪽인지 찾아보았지만 도무지 알 수가 없었다. 시체가 던져졌을만한 장소에서 복수를 끝낸 후 사랑한 여인과 떠난 몽테크리스토 백작의 모습이 흰 돛단배와 함께 떠올랐다.

"이 세상에는 행복도 있고 불행도 있습니다. 행복은 불행을 아는 사람에게만 주어지는 것입니다. 죽을 정도의 고통을 맛본 사람은 인생이 얼마나 소중한지를 압니다. 언제나 행복하십시오. 그리고 이 말을 잊지 마십시오.

' 희망을 가지고 기다려라.'

희망은 바로 절망의 바다 한가운데 있었다. 죽어야만 다시 살아 날 수 있었던 주인공의 절망은 이제 그곳에는 없었다.

나는 주인공이 던진 작은 희망 하나 건져 가방에 넣고 돌아오는 배에 올랐다. 분노와 절망에서 딛고 일어 설 용기와 지혜도 함께 동행 한 채 이프성을 빠져 나왔다.

에드몽 당테스가 뚫었다는 구멍이다. 희망은 그곳에 있었다.

뒤마의 일생
몽테크리스트 백작

이프성을 관광하기 바로 전날 밤 「몽테크리스토 백작」 영화를 보았다. 유감스럽게도 책을 읽은 기억은 없고 또 뒤마에 대해서도 무지했다. 어렸을 때 뒤마의 「삼총사」를 읽었고 영화도 보았지만 그 시절, 나의 문학에 대한 관심이란 작가를 정하고 책을 읽지는 않았던 것 같다.

프랑스의 문호 뒤마를 더 알고자 인터넷에서 그에 관한 자료를 모아 보았다.

아버지와 아들이 모두 문호로 같은 이름을 썼는데 아버지를 대 뒤마, 아들을 소 뒤마라고 불렀다. 대 뒤마(Dumas, Alexandre 1802~1870)는, 1802년 후작인 아버지 산토 도밍고와 흑인 마리 세세트 뒤마 사이에서 태어난 사생아로 고향인 북프랑스의 엔현 빌레르 코트레 지역에서 성장했다. 후에 아버지의 옛 친구 프와 장군의 소개로 파리의 오를레앙 공(뒷날의 국왕 루이 필리프) 저택의 서기가 되었다.

그 때부터 글을 쓰기 시작했는데 사극 「앙리 3세와 그의 궁정」을 발표해 큰 성공을 거두었다. 1832년에 쓴 「넬의 탑」의 극장 상연으로 크게 힘입은 그는 낭만적인 감성에 무한한 상상력을 발휘해 펴낸 소설「삼총사」역시 전 프랑스에서 폭발적인 인기를 끌었다. 그 후「몽테크리스토 백작」「20년 후」「여왕 마고」「철가면」등 수많은 인기소설을 내놓았는데 희곡, 회고록, 여행기까지 합쳐 280편의 작품을 남겼다. 다양한 장면 전환과 등장인물들의 활기찬 성격 묘사 등 작가로서의 수완은 천부적이었다.

로맨틱한 대상이 풍부한 정열적인 주제를 솜씨 있게 구사한 방법으로「앙토니 Antony 1831」「킹 1836」등을 상연하여 분방한 상상력과 교묘한 신비를 보여줌으로써 파리 극단의 인기를 휩쓸었다.

그는 스케일이 크고 매우 낭만적인 성격이었는데 심한 낭비벽으로 경제적인 어려움을 겪으면서도 몽테크리스토 별장을 지어 호화로운 생활을 하기도 했다.

19세기 프랑스에서 사람들의 입에 가장 많이 오르내린 사람은 누구인가? 라는 설문 조사 결과 나폴레옹과 알렉상드르 뒤마였다고 한다.「몽테크리스토 백작」은 1845년에 발표한 것으로 우리한테는「암굴왕」이라는 제목으로 잘 알려진 세계 명작이다. 이 소설은 파리 경시청의 오래된 기록 중에서 글감을 찾아내어 구성된 작품이다. 그것은 '다이아몬드와 복수'라는 제목의 실제 기록이다. 많은 유산을 상속받은 소녀와 결혼을 한 피코라는 남자가 있었는데 그를 시기한 친구들의 배신으로 7년 간 감옥에 갇히게 되었다.

감옥에서 우연히 알게 된 이탈리아 신부를 통해 밀라노에 숨겨진 보물을 차지하게 된다. 그 보물을 이용해 친구들을 차례차례 복수해 나가던 그는 마지막 남은 친구의 손에 죽고 말았다. 하지만 뒤마는 주인공을 사랑이 넘치고 죄를 용서할 줄 아는 따뜻한 사람으로 새롭게 그려 「몽테크리스토 백작」을 완성했다.

1870년 대 뒤마가 숨을 거둘 때 아들 알렉상드르 뒤마(Alexandre Dumas Fils, 1824~1895)가 지켜보고 있었다. 아들 역시 극작가 소설가로서 자신이 경험한 사랑을 바탕으로 「춘희」(1848)라는 사실주의 작품을 썼다. 그 외에도 「드미몽드」「금전문제」「사생아」「여성의 친구」 등 사실적인 문제극을 썼다. 남성의 이기주의를 중심으로 이것을 조장시키는 돈의 힘, 그것을 묵인하는 관습이나 법률을 테마로 했다. 1866년 이후 프랑스 아카데미프랑세즈 회원으로 활동했다.

아버지와 아들의 이름이 같기 때문에 둘을 구별하기 위해 '대 뒤마'와 '소 뒤마' 또는 '뒤마 페르'와 '뒤마 피스'라고도 부른다. 소 뒤마 역시 재봉 일을 하는 벨기에 출신의 여자 사이에서 태어난 사생아였다. 아들

이 태어나자 알렉상드르 뒤마는 천박한 여자에게 아들의 교육을 맡길 수 없다는 이유로 어린 뒤마를 기숙사에 강제로 보내어 결국 부모의 사랑을 받지 못한 채 불우한 어린 시절을 보내게 했다. 그렇지만 선배 작가로서 아들에게 재능을 펼칠 수 있는 많은 기회를 주기도 했다.

뒤마는 1870년 12월 5일에 디에페 근교의 푸이즈에서 사망했다. 고향인 코트레에 묻혀 있다가 2002년 11월 30일에 영묘인 파리의 팡테옹으로 이장했다.

빅토르 위고가 뒤마 사망 후 뒤마 2세에게 보낸 편지 내용이다.

"뒤마는 우리의 영혼과 두뇌, 지성을 풍요롭게 한다. 그는 읽고자 하는 욕구를 창조해냈다. 사람의 영혼을 파고 들어가 거기에 씨를 뿌린 그곳에는 찬란한 빛과 정오의 태양 같은 밝음이 있다."

그러나 빅토르 위고와 같은 해에 태어난 뒤마는 생전에 늘 그늘에 있었다고 한다.

가슴으로 전해지는 사랑
쟈키 집 방문

지난 번 머리를 해주었던 쟈키 부부가 저녁식사에 나와 동생부부를 초대했다. 포도주로 유명한 반돌에 있는 쟈키의 집은 지중해가 한눈에 보이는 언덕위에 자리 잡고 있었다.

유럽에서는 손님초대를 토요일 저녁에 많이 한다고 한다. 일요일 점심은 가족과 지내는 전통이 있기 때문이다. 일상생활에서도 맛의 풍미를 즐거움으로 아는 이곳 사람들은 식생활의 중요성을 잘 아는 것 같았다. 친지나 가족들끼리 식탁에 둘러앉아 즐거운 대화를 나누는 것을 큰 즐거운 일로 생각한다. 그러기에 손님초대 또한 세심한 배려를 아끼지 않았다.

나는 준비해간 한복을 입었다. 나 역시 이국에서는 우리나라의 민간사절이라는 생각으로 우리의 고유 의상과 품위를 보여 주고 싶었던 것이다.

쟈키의 남편 기(Guy)는 키가 크고 마른 체격으로 유머러스한 인상이었다. 한복을 구경해 본 적이 없었다는 이들은 예쁘게 입고 와 줘서 고맙다는 인사를 했다.

소박하고 아담한 쟈키네 집을 둘러본 후 준비된 식탁에 앉았다. 우리나라에서 정통 불란서식 음식을 접해보지 못한 나는 절차를 몰라 눈치를 보면서 식사에 임했다.

먼저 식사 전에 아페리티프로 빠스티스(pastis)라는 술이 오징어 소스 무침과 마른안주 등과 함께 나왔다. 이 술은 이쪽 지방에서 개발한 아주 오래된 전통주라고 한다. 아니스(미나리과 향료 총칭) 향료를 넣어 만들었다는데 냄새가 고량주 비슷해서 내 구미와는 맞지 않았다.

서로 말을 주고받으며 즐겁게 이야기하는데 나는 할 일이 없어 이사람 저 사람 입과 시선만 따라 다

자키와 함께 한 시간들이 그립다.

니다가 구운 빵 조각에 마늘 소스를 발라 열심히 먹었다. 마늘 맛 때문인지 자주 손이 갔다. 배는 이미 부른데 많은 요리가 남아 있으니 천천히 먹으라고 동생이 속삭였다. 큰 소리로 말해도 알아들을 만한 사람이 없는데 조용히 말한다 싶어 소리 내어 웃었다.

이어서 몇 종류의 포도주와 생선 수프가 나왔다. 메인 요리인 생선 수프는 갓 잡은 싱싱한 해산물로 우려낸 육수에 갖가지 향신료와 허브, 새우게 등 조개류를 넣고 오래 끓인 것으로 프로방스의 전통 음식이었다. 그

수프 안에 구운 빵 조각을 넣어 치즈가루를 뿌린 후 떠먹는데 이미 배가 부른 상태여서 두서너 번 먹고 나니 더 이상 먹히지를 않았다.

계속해서 생선 튀김, 샐러드, 치즈, 애플파이, 과일, 아이스크림, 커피와 음료 등, 줄줄이 나를 기다리고 있었다. 그러나 안타깝게도 한입씩 먹는 걸로 맛을 음미했다.

떠들썩한 담소와 함께 식사가 끝난 시간은 무려 4시간이나 걸렸다. 정식 코스를 밟아 먹으려니 적잖은 힘이 들었다. 여유를 가지고 편안한 마음으로 즐기며 식사를 하는 모습들이 좋았다. 더구나 재료와 소스의 다양함에서 느껴지는 섬세한 맛이 세계 최고의 요리 국가다웠다.

다과를 즐기는 동안 비디오를 틀어주었다. 쟈키의 남편이 낚싯대를 가랑이 사이에 넣고 사람들을 뒤에 따라 붙게 한 뒤 온 마당을 돌며 고래고래 소리를 지르며 노는 장면 들이었다. 이상한 돌출행위로 웃기는 것은 동서고금을 막론하고 다 똑같았다. 천진하다 싶게 놀고 있는 사람들의 모습이 꼭 채플린이 출연한 코미디 영화를 보는 듯했다.

식사와 후식 등 환담을 나누다가 쟈키네 집을 나온 시각은 저녁 12시였다. 나와는 언어가 통하지 않았지만 따뜻한 포옹은 서로의 가슴에 사랑으로 전해졌다. 다정다감한 쟈키부부와 아쉬운 이별을 뒤로 하고 해변을 따라 집으로 향했다.

지중해의 별들이 보석처럼 반짝였다.

빛에 반사된 **노트르담 드 라 가르드 대성당**

마르세유의 상징 노트르담 드 라 가르드 대성당(*Notre Dame de la Garde*)은 구 항구에서 언덕길을 올라가면 시가지를 한눈에 조망할 수 있는 위치에 자리 잡고 있다.

성당은 어느 각도에서 바라보아도 웅장하고 아름다웠다. 빛에 반사된 황금 성모마리아 상은 우리 모두를 위해 기도하는 모습이었다. 많은 순례자들의 발길에 닳아진 돌계단을 오르며 죄의 무게를 느꼈다.

프랑스 전역에는 노트르담 성당이 산재해 있다. 노트르담 성당만큼 프랑스의 역사를 한눈에 알아볼 수 있는 곳도 없다는 생각이 들었다. 이곳 성당 역시 1214년 아주 작은 기도원으로 시작했다. 1853년 비잔틴 양식으로 다시 설계한 후 지금에 이르기까지 보수공사를 하여 우뚝 서있게 되었다. 대성당으로 46m의 종루는 도금된 성모마리아 동상으로도 유명하다.

채색된 대리석과 모자이크로 장식된 벽면으로 화사함을 주는 거대한 성화들 앞에서는 숨이 멎는 듯 했다. 신 비잔틴 스타일의 예배실은 금색으로 된 배경에 여러 가지 색깔로 장식되어 있었다. 그 색채의 아름다움이란 글로 표현할 수 없을 정도로 신비스러웠다.

성당 안에는 연 하늘색을 배경으로 성모상 위에 배 한 척이 조각되어 있었다. 이곳이 항구인 만큼 뱃사람들의 수호신으로 무사 항해를 기원하는 모형인 듯싶었다. 곳곳에 성모 마리아의 동상들이 순례자들의 평화를 비는 온화한 모습의 어머니로 서 계셨다. 상처 입은 모습으로 누우신 예수님의 동상 앞에서는 우리 모두 죄인이 될 수밖에 없었다.

어느 성당이나 마찬가지이지만 햇빛을 담은 화려한 장미창과 모자이크는 섬세하고 아름다웠다. 인상파의 거장 모네는 빛의 변화에 따라 루앙 대성당을 시리즈로 그려 유명하다. '순간순간 변하는 빛과 색의 조화를 다섯 개의 캔버스 위에 포착하는 포수'라고 말한 소설가 모파상의 말처럼, 모네가 즐겨 그렸다는 빛이 시시각각 다르게 대 성당을 비추고 있었다.

마르세유를 지켜주는 성모마리아 상의 높이는 9.7m이고 무게는 자그만치 4,500kg이나 되며 29,400개의 금 조각들로 만들어져 있다고 한다. 시가지

어느 쪽에서든 바라보이는 이 성모상은 마르세유인들 뿐만 아니라 저마다 삶의 무게를 짊어지고 오는 수많은 순례자들에게도 수호신이 되어 주고 있다.

성서를 그대로 옮겨 놓은 성인들의 조각상들은 성당 안 곳곳에 새겨져 있었다. 섬세하고 오묘한 성화들은 시선이 머문 곳마다 아름다운 꽃으로 피어났다.

성당 입구에서 거리의 악사가 트럼펫으로 아베마리아를 연주하고 있었다. 조금이라도 속죄 받은 듯한 은총은 바로 남루한 옷차림의 악사 손끝에서 흘러 나왔다. 던져주는 몇 개의 동전에서 구원을 얻은 악사는 순례객들의 마음을 한층 정화 시켜 주었다.

심금을 울린 아베마리아는 마르세유 항구 전역으로 애절하게 흘러갔다.

애완견의 천국

개똥의 나라

프랑스로 여행 오기 전 읽은 안내서에도 개똥을 조심하라는 구절이 있었다. 아무리 글을 읽었어도 겪어보지 않고는 실감할 수 없는 일이었다.

애완견을 데리고 지하철이나 레스토랑을 이용할 수 있다는 건 멋진 일이다. 그러나 거리 여기저기에 나뒹굴고 있는 애완견의 대소변을 보면 놀라지 않을 수 없다. 관광에 정신을 빼앗겼다가는 하루에 몇 번이라도 개똥을 밟을 수 있다. 동생과 같이 길을 갈 때면 내 옆구리를 칠 때가 한두 번이 아니었다. 조심성이 없는 나는 걸을 때마다 건너뛰기 일쑤였다.

길 곳곳에 애완견 화장실이 따로 마련되어 있다. 도로에 하얀색 페인트로 개를 그려놓고 '여기서 실례하세요'라 표시되어 있음에도 지키지 않는 개 주인이 많은 것 같다. 또 오물을 처리할 수 있도록 기다란 통에 비닐을 넣어 두었다. 이것 역시 개 주인들이 사용하지 않아 보행자가 수난을 당하고 있다. 오히려 다른 용도로 사용하기 위해 비닐을 가져가는 바람에 시에서도 지쳤는지 텅텅 비어있었다.

주인이 산책할 때 준비되어 있는 비닐에 치우고 가면 될 텐데 예뻐할 줄만 알았지 개가 남긴 오물을 그냥 두고 가기 때문에 심각한 문제가 되고 있다. 개들의 산책은 운동도 운동이지만 주로 배설물을 처리하기 위해 데리고 나오는 것 같다. 아침이 되면 공원은 주인 따라 나온 개들의 천국이 된다.

우리나라도 개똥녀 때문에 한동안 인터넷에서 난리가 나지 않았던가. 게다가 개똥을 더 감당할 수 없는지 애완견을 풀어 놓으면 과태료를 물린다는 뉴스가 나왔다. 애완용 개가 늘어나는 우리나라에도 머지않아 개 화장실이 생기기 않을까 싶기도 하다.

이곳 항구의 노숙자들도 송아지만한 개를 옆에 뉘어 놓고 잔다. 공원엘 가도 노인 옆에는 항상 개가 앉아있다. 그냥 보기에는 한없이 평화스러운 정경들이다. 처음 와서 동생과 해변을 산책하면서 잣 열매가 많이 떨어져 있어 깜짝 놀랐다. 우리나라에서처럼 귀한 것만 생각하고 주우려다 뒤로 물러서고 말았다. 잣나무 밑에는 잣 열매와 함께 개똥도 많았다. 거기다가 개들이 영역을 표시하느라 실례를 한 탓인지 냄새 또한 지독했다. 동생은 나한테 조심하라고 주의를 주더니 아침에 자신이 개똥을 밟은 후 로또를 사러갔다. 찜찜한 기분을 만회하기 위해서란다. 집안에서도 신발을 신고 생활하는 서양 사람들이어서 개똥 밟는 것 같은 건 절대로 용납할 수 없을 것 같다.

프랑스 정부에서도 애완견의 대소변 피해 대책에 고심하고 있다고 한다. 시원한 해결책이 없으면 우리나라에서 교통위반자들을 사진 찍어 고발하려는 파파라치들을 수입해 가면 어떨까.

사랑의 색깔

아롱이다롱이

불어나는 체중을 조절할 겸 해변을 달렸다. 밤바람을 안고 뛰는 기분은 애인을 품은 것처럼 한없이 포근하고 부드러웠다. 내 거친 숨소리가 바닷바람과 함께 가슴속으로 스며들면서 파도소리는 마치 신세계 교향곡을 듣는 것처럼 환상 속으로 빠져들게 했다.

파도는 어깨동무를 하고 지중해 남쪽에서부터 수많은 사연을 안고 밀려왔다. 우리가 바다를 향해 쏟아 놓은 온갖 푸념들을 거품으로 밀어내 주었다. 그런가 하면 꿈과 낭만을 실은 파도가 춤을 추듯 달려왔다. 부서지고 또 부서지는 인간들의 갈등, 나 또한 그 파도에 답답한 속내를 시원하게 털어놓고 싶었다.

파도가 부서지는 아픔을 감수하는 까닭은 행복을 찾기 위함이요, 금빛 모래가 햇살을 받아 반짝이는 이유는 행복하기 때문이라고 시인은 읊었다. 거기다가 사랑하는 사람과 함께 바다와 하늘을 같이 보는 것은 더할 수 없는 행복이라고 했다.

허기진 사람처럼 바람을 들이마셨다. 내 안에 있는 모든 세포들의 움직임이 소란스러워질 때까지 온몸으로 마시면서 뱉어냈다. 신선한 바람 때문인지 몸살 나기 직전 균형이 흐트러진 것처럼 어지러웠다. 서서히 자연과 융화되고 싶은 육신의 바람인지도 모르겠다.

마담 보알라와 먼 바다를 향해 앉았다. 오랜 세월 함께 하지 않았어도 어제 만난 사람처럼 따뜻한 가슴을 느낀 것은, 같은 시대를 공유했던 불행한 삶 때문인지도 모른다. 외사촌 간이지만 힘들게 살아 온 나를 가장 이해하고 다독여주는 동생의 마음이 한없이 고맙다.

동생은 자신의 사랑에는 색깔이 있다면서 표현했다. 사람에 따라 다양한 빛으로 구분을 하는데, 첫사랑은 흰색, 여고시절 좋아했던 영어 선생님은 감청색, 남편은 갈색, 헤어진 사람과의 사랑은 보라색…… 등 사랑에 따라서 주황과 노랑 그리고 무지개 색도 된다면서 웃었다.

그런데 동생은 꼭 사랑에만 빛깔이 있는 것은 아니라고 했다. 크리스천인 그는 이스라엘은 황금색이라고 했다. 나는 어떤 빛깔이느냐고 물었더니 아롱이다롱이란다. 어떤 의미인지는 모르겠지만 많은 빛깔이 포함된 다목적 사랑 표현이 아닐까 싶다.

모든 사물과 사랑에 칠하는 색깔 표현이 너무 아름답고 재미있다. 마담 보알라의 사랑에는 언제나 크레파스나 물감이 들어있다고 한다. 모든 사랑에 빛깔이 있다는 것은 아직도 동화 같은 사랑을 꿈꾸고 있는 것은 아닐까 생각된다. 순간순간 찾아오는 사랑과 모든 사물에 다시 칠하기 위해 늘 준비하고 있다는 크레파스, 그 물감을 나도 한번 색칠해 보면 어떤 빛깔이 나올까 궁금했다.

　나는 캄캄한 밤바다 위에 나만의 색깔을 가만히 칠해 봤다. 지중해는 오렌지 빛으로 칠하고 내 마음속의 사랑과 우정은 초록색으로 채워 넣었다. 마담 보알라는 노랑으로 표현했다. 노랑은 내가 가장 좋아하는 색이다. 노란색은 내게 마음의 평화를 주기에 무척 선호하고 있다. 장미꽃도 노란 장미를 제일 좋아한다. 오늘밤 동생의 빛깔을 샛노랑으로 내 가슴속에 칠해 두었다. 삶이 지겨울 때 가끔 꺼내어 볼 수 있도록 내 영혼의 꽃밭에 뿌려 놓았다.

　색칠 공부가 끝난 밤하늘은 어느새 무지개 색이었다. 선량한 별들이 우리의 가슴에 살포시 내려와 앉았다가 허공으로 사라졌다.

커피 점술가

아르메니아인 시어머니

스타일의 집에는 많은 화초가 마당을 차지했다. 아이들을 위해 마당 한쪽에 만들어 놓은 야외 수영장에는 낙엽이 유영하고 있었다.

거실 들어가는 문에 엮은 마늘이 장식처럼 걸려있어 친근했다. 마늘의 독특한 향을 서양 사람들은 싫어하는 줄 알았는데 남 프랑스 쪽에서는 의외로 마늘이 들어 간 요리가 많았다. 그래서 음식이 느끼하지 않고 내 입맛에 맞았다.

오늘의 메인 요리는 어린 양고기 꼬치구이라고 했다. 벌써부터 벽난로에 마른 나뭇가지로 불을 지펴 놓았다. 양고기를 먹어 보지는 않았지만 이곳에 와서 어떤 음식이든 호기심을 가지고 먹었다.

키가 작달막한 아르메니아 출신의 시어머니가 코스별로 음식을 내놓았다. 어린 양 꼬치구이는 우리나라 포장마차에서 흔히 보는 닭 꼬치구이처럼 생겼다. 초대된 나를 생각해서 특별히 밥을 준비했다는데 길쭉한 안남미를 물에 풀풀 끓여 바구니에 받혀서 주었다. 그 밥에다가 아랍 사람들이 즐겨 먹는 매운 피망을 조금씩 얹어 먹었다.

치즈와 아이스크림을 먹은 후 아르메니아 사람들이 즐겨 점을 친다는 커피를 가져왔다. 끓이는 과정도 다를 뿐만 아니라 기구와 커피도 일반 것과는 달랐다. 이곳에서는 커피 잔이 아주 작은 대신 진하게 마셨다.

커피가 끓을 때 넘지 않도록 지켜보고 있다가 한 번 더 끓으면 잔에 골고루 나누어 부은 다음 액이 가라앉을 때까지 기다려야 한다. 어느 정도 식으면 마신 후 커피 잔 접시에 찌꺼기를 양쪽으로 한 번씩 부은 다음 잔을 엎어 놓고 수다를 떨며 또 기다린다. 여기에 바로 커피 점의 열쇠가 있다. 이윽고 커피 잔을 들어내고 접시에 남은 커피는 다른 그릇에 따라 놓은 후 마르면 접시와 컵 속의 모양이나 형태를 보고 점괘를 읽는 것이다.

내 점괘가 재미있게 나왔다. 누군가가 무릎을 꿇고 왕관을 씌워주고 있다. 그리고 젊은 여자가 임신했는데 두 사람 사이에서 한 사람에게는 등을 돌리고 있다고 했다. 짙게 남아 있는 찌꺼기가 근심을 나타내고 있으나 서서히 걷히고 있단다. 행운의 숫자가 18과 5라 했다.

커피를 마시고 난 후 잔에 나타나는 그림을 보고 상상으로 보는 커피 점이었지만 우연의 일치인지는 몰라도 내 생활을 훤히 내다보고 있는 느낌이 들었다. 물론 보는 사람 즐겁게 하기 위해 끝에는 좋아지고 있다고 위로를 했다. 시어머니는 이쑤시개를 들고 매니아답게 진지한 모습으로 열심히 설명을 해주었다.

터키나 그리스에서도 커피 점을 치며 생활을 유지하는 사람이 많다고 한다. 한국에 가면 재미로 커피 점을 보라며 동생이 커피를 사왔다. 그리고 중고시장에서 손잡이가 긴 용기를 기어코 두 개 샀다. 며칠간 쓰디쓴 커피를 줄곧 마셔가며 그림을 읽어보았지만 도무지 깜깜해서 알 수가 없었다. 공연히 야한 그림이나 연상하고 동생과 실컷 웃었다.

이미 주어진 인생 이대로 살 수밖에 없지 않은가. '행복할 때는 행복에 매달리지 말라. 불행할 때는 피하려 하지 말고 받아들이라. 그러면서 자신의 삶을 순간순간 바라보라. 맑은 정신으로 지켜보라.' 는 법정 스님의 말씀처럼 모두가 다 자신이 수용해야할 내 운명이다.

나에게 왕관을 씌워 주는 사람이 있다는 점괘처럼 그 운명을 기다려보고 싶다. 내게 꿈처럼 다가오는 운명을…

향수를 자극하는 항구 마르세유를 이곳에서는 '막세아'라고도 부른다. 마르세유 찬가가 프랑스 국가다. 최남단의 마르세유는 오랜 역사와 전통을 간직하고 있을 뿐만 아니라 모든 문화의 꽃이기도 하다.

항구란 늘 떠나가고 돌아오는 사람들로 붐비기 마련이다. 길을 가다가도 터미널이나 간이역을 지나면 어딘가 떠나고 싶은 충동으로 발길을 멈추곤 한다. 닻을 내린 배가 금방이라도 뱃고동을 울리며 떠나갈 것만 같은 항구에서 끝없이 펼쳐진 지중해를 바라본다.

2600년의 역사를 자랑하는 지중해 최대의 항구 마르세유는 프랑스에서 가장 오래된 도시다. 그리스인들에 의해 BC 7세기경에 건설되어 마실리아라고 불리던 마르세유는 로마인들에 의해 점령되었다. 그 후 이곳은 동양 무역을 위한 서쪽으로 가는 출입구가 되었다. 로

마 시대를 지나 오늘날까지
항구로서의 중요한 역할을
해왔다.

U자 형으로 펼쳐진 항구
에는 고기잡이배들과 많은
요트가 정박해 있었다. 항
구의 북쪽에는 17세기의
바로크식 건물이 그대로
보존되어 있어 고풍스럽고
우아했다. 남쪽 선창가에
는 마르세유의 명물인 부
이야베스를 전문으로 하는
레스토랑들이 손님을 기다
리고 있다. 부이야베스는
프로방스 지방의 해물을
중심으로 만든 시골 요리
지만 맛은 기막히게 좋다
고 한다. 한없이 낭만적인
길거리의 카페가 이방인의
가슴을 우수에 젖게 만들

2600년의 역사를 자랑하는 지중해 최대의 항구 마르세유는
프랑스에서 가장 오래된 도시다. 그리스인들에 의해 BC 7세
기경에 건설되어 마실리아라고 불리던 마르세유는 로마인들
에 의해 점령되었다. 그 후 이곳은 동양 무역을 위한 서쪽으
로 가는 출입구가 되었다.

었다.

　오랜 역사를 간직한 도시답게 고풍스런 유적지가 많지만 오늘은 관광 사무실에서 안내해 준 대로 마르세유 시내를 관광하기로 했다.

　일인당 16유로씩 지불하고 이층버스에 올랐다. 맨 앞좌석에 앉아 시내를 내려다보며 도는 것도 색다른 재미였다. 항구를 출발해서 생 니콜라(Siant-Nicolas) 요새를 비롯해 노트르담 대성당과 박물관, 그리고 대형 운동장 주변을 돌아 카스텔란 광장을 지나 한 시간 후 출발점으로 되돌아오는 코스였다. 16군데에서 쉬는데 내려서 구경하다 다시 버스를 타도 된다. 이렇게 하루 종일 관광을 해도 요금은 똑같다.

　우선 한 바퀴 돌기로 했다. 10월이지만 태양이 뜨거웠다. 해변을 따라 가는 길이 아름다울 뿐만 아니라 6세기의 로마네스크 양식의 성당들이 정신을 아찔하게 했다. 시내로 들어 갈 때는 도로가 비좁아 대형버스가 곡예를 하듯 서행을 하는데 잘 빠져나갔다. 항구의 바람만으로도 마르세유를 다 체험한 것 같은 친밀감이 들었다. 가는 곳마다 이어폰을 통해 설명을 해도 알아들을 수 없어 안타까웠다.

　한 바퀴 돌고 난 뒤 다른 관광객들이 차에서 다 내린 후 동생과 샌드위치로 점심을 때웠다. 안내한 기사가 올라와 즐거운 식사시간이 되라며 웃고 내려갔다. 바로 옆 호텔에서는 자신들의 프라이버시가 침해당했다는 듯 문을 바쁘게 닫고 들어가는 모습에 웃지 않을 수가 없었다.

　시간이 없어 노틀담 성당을 두 번째로 방문하고 마르세유의 제일 번화가

인 칸비에르(La Conebiere)에서 내려 윈도우쇼핑을 했다. 거리에서 샹송을 25년째 부른다는 집시와 사진을 찍고 난 후 동생이 1유로를 바구니에 넣어 주었다. 길을 가다 보면 낭만을 연주해주는 악사들이 있어 프랑스다운 도시였다.

파리에 이어 두 번째로 큰 도시답게 박물관과 미술관이 많다. 야수주의와 초현실주의를 표방하는 바꽁(Bacon) 마티스(Matisse) 르꼬르뷔지에(Le Corbusier) 등의 작품이 유일하게 보관되어 있는 깡띠니 박물관(Musee Cantini)이 있는데도 유감스럽게 관람하지 못하고 돌아왔다.

활기가 가득하면서도 요란하지 않은 마르세유만의 매력을 흠뻑 느끼며 시정이 넘치는 아름다운 바다를 뒤로 하고 라 씨오따로 향했다. 프랑스 국가인 라 마르세예즈가 들리는 듯 격렬한 해풍이 거리를 휩쓸고 지나갔다.

삶과 죽음도 한순간의 바람이다. 그 바람이 여행객의 등을 밀어 주었다.

거리에서 샹송을 25년째 부른다는 집시와 함께

이곳 사람들은 올리브를 신이 내린 지중해의 선물이라고 표현한다. 동생 가족과 관상용으로도 아름다운 올리브유 방앗간을 방문하기로 했다.

우리는 가정에서 흔히 식용유로 참기름·들기름·콩기름을 쓰는 일이 많았기에 올리브유는 사실 아는 것이 별로 없다. 최근 들어 갑자기 웰빙식품으로 알려졌지만 올리브에 관한 지식이 없어 인터넷에서 자료를 모아 보았다.

올리브 나무의 원산지는 지중해 연안이고 분포지역은 스페인, 그리스, 이탈리아, 프랑스, 미국 등이다. 올리브유는 올리브 열매를 압착해서 만드는데 기원전부터 식용뿐만 아니라 약용 화장품 램프용으로 쓰였다. 올리브유에는 콜레스테롤이 전혀 없고 오히려 인체의 콜레스테롤 수치를 낮춰주는 단순 불포화지방산인 올레인산이 많으며 심장병과 동맥경화 예방 효과가 있다고 한다.

불포화지방산이란 상온에서 액체 상태인 지방산을 말한다. 불포화지방산은 크게 단순 불포화지방산과 복합 지방 불포화산으로 나뉘는데 몸에 더욱 좋은 단순 불포화지방산은 올리브유와 땅콩기름에 많이 들어 있다고 한다.

복합 지방산이 많은 콩기름, 옥수수기름, 해바라기씨 기름 역시 콜레스테롤이 혈관 벽에 달라붙는 것을 막아준다. 그러나 빨리 산화되는 것이 단점이다. 또 여러 번 사용하면 심장병과 암을 일으키는 트랜스지방산으로 변할 수 있다. 트랜스지방산은 인체의 세포막을 딱딱하게 만들고 콜레스테롤 수치를 높이며 암세포의 성장을 돕는다.

올리브유에 많이 들어 있는 올레인산은 우리 몸에 해로운 저밀도 콜레스테롤 수치를 낮추면서도 우리 몸에 이로운 고밀도 콜레스테롤 수치는 낮추지 않는다. 또 올레인산은 신생아의 중추신경계 발육에 중요한 역할을 하고 당뇨병의 치료와 재발 방지에도 효과가 있다. 인슐린의 활동과 신진대사를 돕기 때문이다. 올리브유를 가장 많이 섭취하고 있는 그리스인의 몸에서 관상동맥질환에 의한 사망률이 최하라는 연구 결과가 나왔다. 또 위산의 분비를 억제하고 위와 장의 활동을 활성화시켜주기 때문에 위산과다증, 위궤양, 십이지장궤양 예방 효과가 있고 위통이나 변비 증상을 해소하는 데도 도움을 준다.

이외에도 올리브유에는 혈압을 안정 시켜주고 뼈의 형성에 중요한 역할을 하는 미네랄 성분과 비타민이 풍부하고 노화와 암 예방에 효과적인 항산화 물질이 많이 들어있다. 특히 비타민 E는 노화를 방지하여 노년기에 지적 능력이 떨어지는 것을 막아 준다. 이는 심장에도 좋고 체내호르몬 분비를 정상화 시켜 준다.

올리브유 중에서 가장 품질이 좋은 것은 엑스트라 버진 올리브유다. 이

는 처음 딴 올리브 열매에서 짜낸 산도(Acidity) 1% 미만의 것으로 샐러드, 스파케티 등에 뿌려 먹는다. 엑스트라 버진 올리브유는 섭씨 60도 이상이 되면 섬세한 맛을 잃어버리기 때문에 열을 가하지 않는 요리에 적합하다. 공기와 접촉해 산화되면 맛과 향을 잃기 때문에 개봉하지 않아도 1년이 지나면 건초 냄새가 나기 시작하고 더 지나면 신선함이 사라진다. 그래서 빨리 먹는 것이 좋고 공기 투과율이 낮은 유리병에 넣어서 서늘하고 그늘진 곳에 보관해야한다. 냉장고에 넣어 두면 굳기도 하는데 실온으로 옮기면 원상태로 돌아온다.

우리나라에도 스페인산 올리브유는 수입상이나 대형 마트에서 쉽게 구할 수 있다. 유기농 올리브유는 스페인산 유기농 올리브 열매를 24시간 내에 전통방식으로 압착한 엑스트라 버진이다. 그리고 스페인 올리브유로 만든 음식이 대학로 레스토랑에서 맛볼 수 있다고 한다.

이렇게 훌륭한 올리브유에 관한 자료를 보면서 놀라지 않을 수 없었다.

자료만큼이나 풍부하고 다양한 효과를 가지고 있는 올리브유 방앗간은 조그마한 농촌에 자리 잡고 있었다. 입구에는 까맣게 익은 올리브 열매가 방문객을 맞이했다. 그리고 옛날에 사용했던 압축기가 역사를 말해 주듯 녹이 슨 채 보관되어 있었다. 우리나라의 맷돌을 보는 느낌이었다.

방앗간 안에는 올리브에 관련된 모든 역사와 기구들이 진열되어 있었다. 올리브기름이 나오기까지의 공정을 그림으로 그려 놓았을 뿐만 아니라 기념품이 많았다. 시끄럽게 돌아가는 기계 소리가 느슨했던 오후를 흔들어 놓았다.

우선 열매를 큰 통에 넣어 잎사귀 등 불순물을 제거하기 위해 분류를 한 다음 세척으로 들어갔다. 분쇄기로 옮겨지는 과정에서는 마치 양철 지붕 위에 떨어지는 빗방울 소리처럼 청아하기까지 했다. 내가 알 수 없는 여러 공정을 지나 연푸른 올리브기름이 배럴 통으로 흘러 내렸다. 정말 신기하고 좋았다.

예전에 어디선가 올리브 나뭇잎으로 만든 관을 머리에 쓴 채 장례식을 치른 괴테의 사진을 본적이 있다. 올리브 나무와 처음으로 맺은 인연이 아닌가 싶다.

나오는 길에 올리브 나뭇가지와 열매를 메모지 사이에 넣어왔다. 지중해서나 볼 수 있는 올리브 잎으로 인해 추억속의 여행을 생각하며 보관해 놓고 싶어서였다. 올리브를 통해 잠재의식 속에서 꿈틀대던 신비와의 만남은 바로 신이 내게 내려준 값진 선물이었다.

촛불의 의미는 무엇일까.

어둡고 추운 곳을 밝혀주기 위한 순교자의 영혼일까, 아니면 절대자를 향한 자신만의 일방적인 구애일까. 한때 적외선처럼 마음속에 스며들어 상처를 치료해 주었던 촛불로 인해 요즈음 많이 혼란스럽다.

큰 변화를 겪은 후 내 생각과는 다른 의미로 촛불을 보게 된다. 구원이나 소망이 담겼던 예전의 촛불이 아니라 허무와 후회와 희생을 태우는 불꽃처럼 보여 두 손을 모을 수가 없다.

친정어머니는 언제나 촛불을 켜놓고 아침 일찍 묵주기도를 올렸다. 객지 생활을 하는 나였기에 어쩌다 들르는 집이었지만 잠결에 어머니의 기도를 가만히 엿들으면 기도내용이 언제나 한결같았다. 오직 자식을 위한 애원이었다.

여행 오기 전 만난 작은어머니의 아침 기도 또한 똑같았다. 처음부터 끝까지 자식들 사업 잘되게 해달라는 애절한 기도였다. 전지전능하신 분의 식지 않는 사랑처럼 자식을 위한 부모의 마음은 언제나 변함이 없지만 자식들의 기도는 달라지고 있다.

성지를 가는 곳마다 많은 촛불들이 위태롭게 켜져 있다. 과연 누구를 위한 기도의 물결일까. 가녀리게 흔들리고 있는 촛불 앞에 두 손을 모으고 있는 방문객들의 뒷모습이 애절해 보였다.

저마다 지치고 힘든 삶을 무량으로 쏟아내고 가는데도 촛불은 묵묵히 타오를 뿐이었다. 모든 사람들의 번민과 고통을 대신 태워 주면서 기도자의 마음을 정화 시켜 주는 것이 촛불이 갖는 특별한 사명감은 아닌가 싶었다.

나 역시 성당에 들를 때마다 차고 넘치는 내면의 소리에 떠밀리어 촛불을 밝히고 나왔다. 꼭 그래야만 될 것 같은 무거운 마음의 소리 때문에도 그냥 지나칠 수가 없었다. 그러나 친정어머니처럼 자식을 위한 기도는 나오지 않았다. 아직 삭히지 않는 응어리가 남아 있어 기도의 효험이 없을 것 같아 망연히 서 있었다. 용서는 그분의 몫이기에 처분을 기다리는 죄인의 모습으로 두 손을 모았다. 그러면서도 지나 온 세월이 결코 헛되지 않았다는 자신만의 소리는 듣고 싶었다.

요즈음은 허망한 꿈을 안고 살아온 나를 위해 기도를 가끔 한다. 언제 자신을 위해 기도를 해본 적이 있었던가.

떠나온 어미의 고향으로 돌아가기 위해 가는 길목마다 마음의 촛불을 밝히고 나오는지도 모르겠다.

허기진 사람처럼 주섬주섬 주문을 하다보면 절제와 다짐이 가득 담긴 애원의 기도가 되고 만다. 자식들이 찾지 않아도 기다리지 말고, 사랑 때문에 가슴에 묻어 두었던 아픔이 있다면 미련 없이 떨쳐버리고, 그리워도 가슴 태우지 말자 등등, 지극히 이기적이지만 모정을 이유로 눈물을 흘리지 말자는 마음 약한 다짐까지도 서슴없이 한다.

그러나 마음과는 다르게 달리고 있는 기도의 방향을 보면 인내와 사랑으로 지켜왔던 어미의 고향을 향하고 있다. 떠나 온 고향으로 돌아가기 위해 가는 길목마다 마음의 촛불을 밝히고 나오는지도 모르겠다. 그런 마음을 애써 부정하면서도 어느 시점에서는 친정어머니가 했던 그 청원의 기도가 줄줄 새 나올 거라고 믿고 있다.

생 맥시멩(St-Maximin)에서 막달라 마리아의 영혼 앞에 촛불을 밝히고 나오면서 내 기도는 더욱 더 뜨겁고 선명해졌다. 어떤 계시처럼 와 닿는 뜨거운 열기는 구원을 태우는 촛불에 있음을 온몸으로 느꼈다.

진정한 촛불의 의미는 바로 자신의 마음속에서 용서라는 이름으로 타오르고 있는지도 모르겠다.

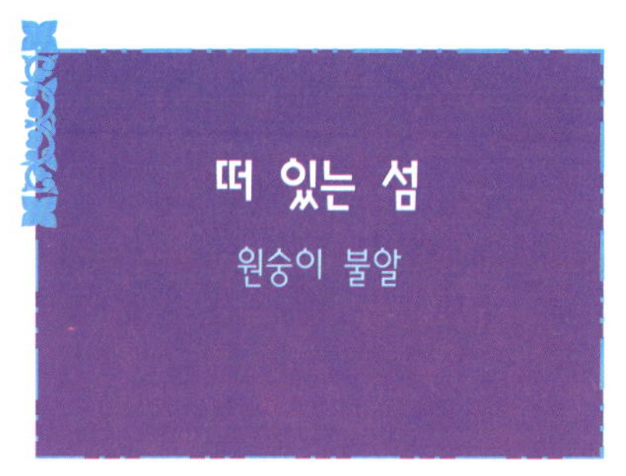

떠 있는 섬
원숭이 불알

마르세유 항구 근처에는 노천카페가 줄지어 있다.

햇살이 살포시 내려앉은 기다란 탁자 위에서 와인을 마시는 정겨운 연인들의 모습은 영화 속의 한 장면처럼 아름답다. 누구든 가볍게 걸터앉아 에메랄드빛 바다를 배경으로 여유롭게 식사도 하고 커피도 마실 수 있는 이곳의 분위기는 항구다운 멋과 맛이 그대로 살아 있다.

마담 보알라와 거리를 돌다가 월남 식당으로 들어갔다. 프랑스 음식을 전문으로 하는 식당들 틈에 자리 잡은 장소인데도 손님이 많았다. 주문 받으러 온 사람이 우선 동양 사람이라 친밀감도 들었지만 주로 쌀을 메인으로 한 음식들이 많아 좋았다.

지난번 생 맥시멩 월남식당에서는 칵테일을 시켰는데 술잔 테두리에 설탕 비슷한 과자가 발라져 있어 새로웠나. 이번에는 로제로 시켰다. 대낮부터 술병을 앞에 놓고 앉아 있어 우리 정서와는 어울리지 않았지만 바닷바람과 함께 마신 술 때문인지 항구가 다 내 품안으로 들어 왔다.

훌륭한 요리와 훌륭한 포도주가 있는 곳이 바로 천국이라고 앙리 4세가 말했듯, 한 잔의 술이 나의 시름을 달래 주며 피안의 세계로 안내해 준 듯싶었다. 어느 식당을 가든 모든 음식을 마담 보알라가 시켜줘야 먹을 수 있다. 종류가 많은데다 일일이 나한테 설명을 해야 되기 때문에 고르는 시간이 다른 사람들의 두 배로 든다. 월남 음식 역시 코스별로 나왔다. 조금 느끼한 맛은 있었지만 그런 대로 맛을 즐길 수 있었다.

후식마다 재미있는 이름들이 있다. 버팔로 식당에는 '떠 있는 섬'이라는 아이스크림이 있는데 묽은 크림 속에 아몬드가 발라진 아이스크림이 섬처럼 동동 떠있어 붙여진 이름 같았다. 오늘은 '원숭이 불알'을 시켰으니 먹어 보란다. '원숭이 불알'이라는 소리를 듣고 체면도 없이 큰소리로 웃고 말았다. 지난번에는 '머리 없는 종달새 요리' 때문에 웃었는데 이번에는 또 다른

후식 이름이 재미있어 웃었다. 종업원이 가져온 것은 조그만 컵에 약간 끈끈한 시럽과 함께 누르스름한 것이 떠 있었다. 포크로 이리저리 굴려보니 과일 종류였다. 물론 원숭이의 그것을 볼 기회도 없었지만 원숭이의 불알과 비슷하다 해서 붙여진 애칭이었다. 정확한 이름은 리치(Lychees)였다. 후에 중국에서 본 리치는 솔방울 모양으로 익으면 붉은 색으로 변했다. 딱

딱한 껍질 속에 숨어 있는 리치가 피부미용에 좋아 클레오파트라가 즐겨 먹었다는 일화가 있다. 맛은 달콤했다. 우리나라에서도 호텔 같은데서 맛볼 수 있는 후식이었지만 많이 접해 보지 못한 탓에 나는 그 이름이 생소했다.

오늘도 우리의 웃음 속에 마르세유의 하루가 오렌지색으로 물들어 가고 있다. 추억도 함께 쌓여갔다.

인생의 마침표
웰 다잉(Well dying)

　　도시 한가운데에 공동묘지가 있어 깜짝 놀랐다. 우리나라에서는 상상도 못할 일이었다. 화요일마다 담하나 사이에서 장이 열리는가하면 많은 사람들이 창문을 열면 수천의 영혼을 지켜주는 십자가와 마주하며 살고 있다. 삶과 죽음이 교차하는 도시처럼 느껴졌다.

2,834명의 영혼이 잠든 공동묘지

멀리 선산에 모셔져 있어 일 년에 한 번도 성묘하기 어려운 우리나라와는 달리 서로 왕래하며 사는 옆 동네처럼 사람들이 수시로 드나들었다.

간밤 꿈속에 하늘나라에 있는 시누이가 보였다. 지금은 남편의 가족들과 멀어졌지만 한때 나를 많이 도와 준 아이들의 고모였다. 그런 시누이에게 속죄하는 마음으로 공동묘지를 찾았다.

묘지마다 화려한 꽃과 화분 그리고 아름다운 조화가 장식되어 있었다. 비바람에 씻긴 조화들이 낯선 이방인을 향해 힘없이 웃어 주었다.

무덤 하나에 순서대로 간 가족들의 사진이 다양한 포즈로 진열되어 있었다. 죽음은 나이순이 아니듯 세상에 태어나서 5년을 살다 간 어린아이와 90을 넘긴 노인의 삶이 대조적이었다.

저마다 이승의 무게를 버리고 안식을 택한 위령들이지만 공원처럼 아름답게 꾸며진 동산에서 영혼들이 머물기에는 안성맞춤이었다. 꽃에 물을 주면서 기도하는 노인의 모습이 무척 아름다웠다. 자신도 다음 세상에서 영원히 안주할 곳이기에 열심히 가꾸고 있는 듯싶었다.

아무 동요 없이 자신의 죽음을 받아들이고 죽음이 또 다른 삶의 연장이라고 믿는 사람들은 정말 용감한 사람들이다. 요즈음 웰빙 만큼이나 뜨거운 이슈로 떠오르는 것은 웰다잉(well dying)이라고 한다. 어떻게 죽으면 아름답고 편안한 마음으로 떠나는가라는 이야기다. 그러나 고통 없이 죽는 것은 모든 사람들의 소망이지만 죽음을 인정하고 받아 드린다는 것도 절대 쉬운 일은 아니다. 어떤 방법으로 품위 있는 인생의 마침표를 초라하지 않게 찍느냐가 화두가 되고 있는 것 보면 이제는 죽음에 대해서도 설계를 하는 시대가 온 듯싶다.

이곳 사람들은 묘지가 내 집처럼 가까이 있어 죽음이 두렵지 않는 모습들이었다. 마치 이승에서 저승으로 산책 나오는 사람들처럼 편안해보이기까지 했다. 묘지인데도 이상하게 음산하지도 않고 평화스러웠다.

질서정연하게 만들어진 묘지를 돌며 바람에 쓰러진 화분들을 바로 세워 놓았다. 이방인의 손길을 느꼈는지 인자한 모습의 할머니가 사진 속에서 웃고 있었다. 문득 담양 천주교 산에 묻혀 계신 어머니가 생각났다. 지난번 여행 오기 전 들러 생전에 즐겨 피우셨던 담배 한 대를 몇 십년지기 친구가 피워 올렸다. 어머니 산소에 갈 때마다 말없이 동행해 준 친구에게 고마움과 그리움을 전하고 싶다.

2,834명의 영혼 앞에 묵념으로 대신하고 공동묘지를 나섰다.

아직도 젊은 날을 꿈꾸고 있는 것일까. 요즈음 운명적인 사랑을 한 번쯤 해 보고 싶다. 우연이어도 좋고 꼭 만나야 할 운명이라면 더 좋을 것 같은 사람과 감정을 앞세우지 않은 사랑을 나누고 싶다.

찬바람에 바스락거리는 낙엽 소리를 들을 때마다 산사에서 몇 날이고 밤을 지새우고 싶었던 지난날이 있었다. 빈 들녘을 배회하는 바람이 가슴속을 지날 때마다 울었던 미망의 세월도 기억에서 지울 수가 없다. 계절이 너무 고와서 가슴이 아프지 않는 날이 없었던 지난날의 열정과 사랑은 다 어디로 사라진 것일까.

젊음은 늘 방황과 함께 동행 했다. 하루에도 몇 번씩 사랑의 해일이 밀려올 때마다 그 방황의 끝을 알고 싶어 목이 말랐다. 도대체 방황의 끝은 언제일까 아니 치유는 무엇일까, 고민하던 순간들이 이제는 다 지나버렸다.

끈질기게 따라 다니던 방황은 세월의 파도에 밀려 흔적도 없이 사라지고 그 자리에 허무와 외로움이 가득하다. 설렘이 없어진 후 내 몸 안에서 젊음을 지탱해주었던 방황이 빠져나간 모양이다. 듬성해진 뼈 사이로 아린 바람이 거세게 지나가고 있다. 두려운 사랑 앞에서도 당당했던 그 시절의 찬란한 고독이 그립다.

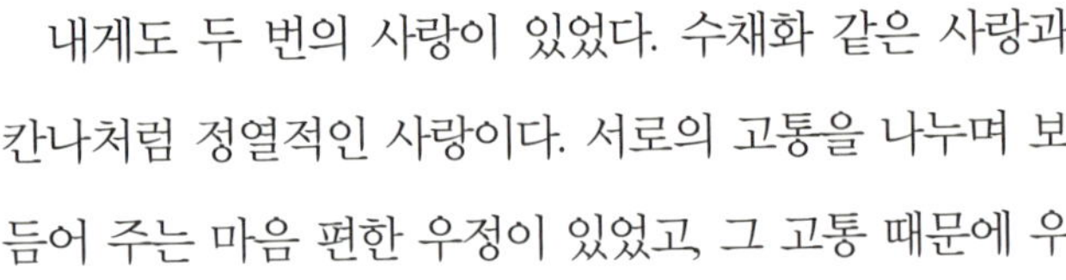

내게도 두 번의 사랑이 있었다. 수채화 같은 사랑과 칸나처럼 정열적인 사랑이다. 서로의 고통을 나누며 보듬어 주는 마음 편한 우정이 있었고, 그 고통 때문에 우는 나를 바라봐 주는 사랑이 있었다. 연서로 쌓은 사랑과 만남으로 두터웠던 사랑이 세월에 밀리면서 지금은 기억의 저편에 있다. 사랑과 우정 사이에서 방황했던 그 시절이 아직 가슴에 남아있다.

사라진 줄만 알았던 설렌 사랑이 아름다운 지중해 해변으로 밀려오고 있다. 은빛 파도를 타고 달려오고 있다. 순간 가슴 속에 불꽃이 튀듯 격렬한 진동이 온다. 너무 벅차지도 않고 감당할 수 있을 만큼만 찾아왔으면 싶다. 이성의 벽을 허물고 얽매인 삶을 다 풀어 놓아도 되돌아오지 않는 마음편한 사랑이 기다려진다.

해변에서 젊은 연인들의 정열적인 애정 표현에 눈길이 머문다. 영화에서처럼 거침없이 사랑을 나누는 사람들을 곁눈질하면서 피식 웃음이 나온다. 아니 그 정열이 부럽기도 하다.

10월인데도 일주일 동안 날씨가 흐린 탓에 잃어버린 태양을 찾아 나선 사람들로 해변은 북적거린다. 봉긋한 젖가슴을 완전히 내 놓은 채 해수욕을 즐기는 젊은 연인 한 쌍이 시야에 들어온다. 모래사장에서는 반라의 여인들이 일광욕을 즐기고 있다. 그 모습을 몰래 카메라에 담았지만 아름답고 신선하다. 서양이 아니면 엄두도 못 낼 풍경들이 지중해에서 펼쳐지고 있다.

내 젊음의 바탕이 되어 주었던 그 방황이 기다려진다. 모든 사물에 사랑을 아끼지 않았던 감성을 되찾고 싶다. 휴화산처럼 가슴 깊은 곳에 남아있는 그 열정과도 만나고 싶다.

신은 사랑을 이용해 천국 한가운데에 지옥을 숨겨 놓았다는 어느 작가의 말처럼, 삶 전체가 고통과 상실과 혼란의 연속이었을지라도 젊은 시절의 애절한 사랑이 그립다. 뒤돌아서도 상처가 남지 않는 사랑, 가슴 아픈 이별이 없는 사랑이 기다려진다.

머나먼 이국에서 상상의 날개를 편 채 긴 밤을 보냈다.

이 빠진 삼손
싱거운 리샤

점심시간에 헤그베와 함께 일하는 리샤를 집으로 초대했다. 나이는 오십 대 초반으로 배가 많이 나온 남자였다. 리샤는 우리가 외국남자를 생각하는 선입관과는 매우 다르게 머리카락과 눈동자가 동양인처럼 검정색이었다. 곱슬머리인 리샤는 체격이 큰 데다 콧수염까지 길러 매우 압도적인 인상으로 힘이 장사처럼 보였다. 손을 부챗살처럼 펴 보이는데 어찌나 크고 우람한지 깜짝 놀랐다. 샅바만 매면 영락없는 씨름선수였다.

사람의 시각이란 참으로 이상했다. 웃을 때 보니 앞니가 빠져 있어 씨름 장사 같던 첫인상이 사라져 버렸다. 갑자기 사람이 싱겁게 보이고 든든했던 모습마저도 어디론가 숨어버렸다. 동생과 나는 이빨 빠진 삼손이라고 별명을 지어 놓고 마음껏 웃었다. 영문을 모르는 헤그베와 리샤도 덩달아 따라 웃었다. 그 모습이 우스워 웃고 또 웃는 해프닝이 벌어졌다.

리샤는 부인과 이혼중인 남자로 동생이 나와 친구처럼 사귀어보라는 속셈으로 초대했던 것 같다. 이혼중이라는 뜻은 별거하면서 수속을 밟는 과정으로 나눌 재산이 있으면 집도 팔아 나누어야 하는 기간이기도 하다. 쉽게 말하면 조정기간이 될 수도 있다. 그 기간 동안 마음이 바뀌면 다시 재결합하기도 한다.

리샤는 어느 날 갑자기 부인으로부터 이혼 신청서를 받았다. 상의도 없이 부인 혼자서 결정한 후 변호사를 통해 보내 왔다고 한다. 다른 이유도 있겠지만 정치하는 것이 싫다는 이유 하나만으로 부인으로부터 이혼소송을 당한 것이다. 그러나 리샤 생각은 달라서 지금 3년째 부인의 마음이 돌아서기를 기다리고 있다.

외국 사람들은 한번 하기도 어려운 이혼을 손바닥 뒤집듯이 하고 만남과 헤어짐도 무척이나 쉬운 것 같다. 우울증을 치료하기 위해 병원에 입원했던 남자가 그곳에서 같이 치료 중이던 여자와 눈이 맞아 이혼하기도 하고 또 앞집 여자를 사랑하게 되었다며 헤어질 것을 요구한 사람도 있단다.

이야기를 나누다 보면 이혼을 두 세 번 한 것은 기본이었다. 결혼 전에

리샤 네 집

동거부터 시작한 커플들까지 헤어진 숫자를 합하면 몇 번인지 셀 수도 없다. 거기다가 결혼 전에 낳은 아이들이 한두 명이 아니다. 남녀 모두가 씨와 배가 다른 자식들을 데리고 와서 산다.

복잡한 이들의 생활이 이해가 되지 않기도 했지만 리샤 또한 마음이 가는 사람은 아니었다. 물론 언어가 통하지 않으니 더 마음이 가지 않을 뿐더러 내 인생을 맡길 만큼 믿음이 가지 않았다. 이십대 청춘도 아니고 사랑에 눈이 멀 만큼 절실하지 않아서 더욱 더 호기심이 생기지 않았는지도 모른다. 선한 눈빛과 덩치 때문에 순박하고 우직한 데가 있어 보여도 내가 찾는 운명적인 사랑은 아니었다. 리샤 역시 말도 통하지 않는 사람을 옆에 두고 싶은 생각은 없는 모양이었다. 서로 큰손과 작은 손을 맞춰보며 게임도 하면서 친구처럼 웃고 즐기는 점심시간이 되었다.

리샤는 내가 떠나오던 날 말쑥하게 차려 입고 공항까지 따라 나와 배웅을 해주었다. 그 고마움의 답례로 프랑스 식 인사가 아닌 가벼운 키스를 양 볼에 해주었다. 마지막일 수도 있는 남자에게 여운 있는 스킨쉽을 남기고 싶었다. 기습적인 선물에 흠칫 놀란 리샤는 공항 안으로 사라져 가는 내 모습을 끝까지 지켜보았다고 한다. 나를 떠나보낸 후 무척 아쉬워했다는 메일이 날아 왔다. 그리고 치아도 해 넣었다는 낭보도 함께 전해왔다.

입을 벌리지 못하고 웃던 삼손의 모습이 떠올라 다시 한번 웃음이 나온다. 지금도 마담 보알라를 만날 때마다 내 안부를 묻는다는 리샤의 앞날에 행운이 함께 하기를 빌어 본다.

여행 중 나의 가슴을 설레게 하는 건 작가의 흔적을 찾아 나설 때이다. 마르셀 파뇰(Mrcel Pagnol, 1895~1974)의 고향 오바뉴로 가기 위해 시외버스 정류장으로 향할 때 나는 연인을 만나러 가는 사람처럼 가슴이 사뭇 설레었다.

초겨울인데도 추위에 익숙하지 않은 이곳 사람들은 벌써 털 코트를 걸치고 나왔다. 다른 지역보다 더 춥고 비가 많다는 오바뉴에 가까워지자 이 고장의 상징인 갸글라방(Garlaban)이라는 돌산이 영락없는 문어모양으로 다리를 쫙 편 채 앉아 있었다. 마치 프로방스를 지켜주는 수호신처럼 오바뉴를 품고 있었다.

이 산 밑에서 마르셀 파뇰이 어린 시절을 보냈다고 한다. 실제로 영화 「마농의 샘」을 촬영한 곳이라서인지 나는 벌써부터 흥분하고 있었다. 형형색색으로 물들어 있는 아름다운 산자락을 배경으로 오바뉴는 초겨울을 준비하고 있었다.

작가의 기념관은 공원 안에 있었다. 여자 두 명과 노인 한 명이 우리를

맞이했다. 기념관 중앙에는 쌍통으로 만들어 놓은 아담한 동네가 자리 잡고 있었다. 그 동네 안에는 영화 장면 속에도 나옴 직한 카페에서 차를 마시는 사람들과 이곳 남부지방에서 즐기는 전통 쇠볼놀이를 하는 사람들의 모습도 보였다. 프로방스의 작은 도시를 축소해 놓은 모형만 봐도 오바뉴 전체를 보는 듯했다. 잘 정리되어 있는 기념관에서 마르셀 파뇰의 작품 세계를 한눈에 볼 수 있었다. 벽 쪽에는 그의 작품이 영화화된 사진들과 어린 시절부터 생을 마감한 순간까지의 일대기가 걸려 있었다. 그리고 평생 집필한 많은 책들이 왕성했던 시절을 대변해 주었다.

「빵집 마누라」, 「마농의 샘」, 「첫사랑」, 「마리우스」, 「토파즈」, 「파니」 등 그의 대표작이 수없이 많다. 이 작품들이 영화와 연극으로 재창작되었으며 「마르셀의 여름」(원제:내 아버지의 영광)과 「마르셀의 추억」(원제:내 어머니의 성)도 유명하다.

영화 「마농의 샘」은 86년 프랑스 내셔널 시네마 아카데미상 그랑프리와 전미 영화비평가협회 최우수영화상을 수상했고, 세자르상 8개 부문에 노미네이트 되었다. 다니엘 오떼유가 최우수 남우주연상을 받았을 정도로 호평을 받았다.

소설가이자 영화감독인 마르셀 파뇰은 초등학교 교사로 지낸 아버지의 겸손과 지식을 존경했으며 그의 작품에는 그런 아버지의 영향이 고스란히 남아 있다. 마르셀의 여름에서는 시골 별장에서 보낸 여름 한철의 이야기를 잔잔하게 그렸다. 여기에서 아버지의 존재에 대해 무한한 존경을 나타내고 있다. 이 영화 역시 미국에서 36주간이나 상영되었다고 한다.

19세기의 끝자락에 태어난 마르셀 파뇰은 자연주의의 생명을 이어가듯 그의 작품을 통해 자연 속에서 살아가는 인간의 나약함을 보여 주고 있다. 평생 동안 고향의 산을 잊어 본 적이 없다는 작가는 소설가 극작가 영화감독으로 명성을 날린 후 프랑스 학술회원을 끝으로 파리에서 생을 마감했다.

많은 업적과 불후의 작품을 남긴 그의 세계를 작가의 고향에서 만난 것은 내 문학 세계를 재조명할 수 있는 기회가 되어 주었다. 마르셀의 산책로가 조성되어 있을 정도로 자연을 사랑했던 아름다운 산자락에서 오래 머물 수 없는 안타까움을 엽서와 팸플릿으로 달랬다.

그의 작품 속에서 품어 나온 문향 때문일까, 끝없이 펼쳐진 오바뉴의 가을 정취 때문이었을까, 한동안 흥분이 가라앉지 않았다. 아쉬움을 달래며 떠나는 내게 너도밤나무에서 열매가 우두둑 소나기로 떨어졌다. 어디선가 마농의 아버지 장이 하모니카로 연주한 운명의 힘이 애절하게 들려 온 듯했다. 손을 호호 불며 빵을 먹던 그 맛 또한 잊을 수가 없다.

프로방스의 작은 마을에서 우물을 둘러싸고 일어나는 이야기이다. 우선 첫 화면부터 배경음악이 마음을 사로잡는다.

프로방스의 풍요로운 경관과 평화가 흐르는 산을 배경으로 아름다움의 극치를 보여주는 영화의 시작이 인간의 탐욕이 숨어 있으리라고는 짐작할 수가 없다.

「마농의 샘」이 프랑스 영화 100년사의 자존심을 살려 주었다고 평가를 받았을 정도로 이 영화는 전 작품에서 위대한 자연의 힘이며 바로 저항할 수 없는 운명의 힘을 암시한다. 세자르 역의 이브 몽땅의 심오한 연기는 감탄 그 자체로서 그의 깊은 연륜에서 나오는 무게감이 느껴졌고, 위골랭 역의 남프랑스 출신 다니엘 오떼유는 가위로 듬성듬성 머리를 잘랐을 뿐만 아니라 두꺼운 화장과 만든 귀, 그리고 의치로 완벽하게 엽기적인 연기를 해냈다.

물이 삶의 근원이자 생명과도 같은 작은 시골 마을, 3대에 걸친 비극이

샘을 둘러싸고 일어난다.

위골랭과 그의 삼촌이 땅을 차지하기 위해 간교하고 은밀하게 물줄기를 돌려버린 줄도 모르고 샘을 파기 위해 장치한 다이너마이트 폭발로 마농 아버지가 죽음을 끝으로 1부 막이 내린다.

그렇게 죽게 된 마농 아버지와 마농이 자신의 사생아 아들과 손녀인 줄을 세자르(이브몽땅)는 꿈에도 모른다.

야성과 신비로움을 띤 처녀 마농의 아름다움은 눈이 부실 정도다. 아버지의 유물인 하모니카로 연주되는 멜로디와 어우러져 계곡에서 나신으로 춤추는 마농의 모습은 이 영화에서 가장 인상적인 장면이다. 이를 우연히 훔쳐보게 된 위골랭이 상사병에 걸린다. 마농은 마을에 부임한 미남 교

사와 사랑에 빠지는데 그녀를 가슴 저리도록 사랑하는 사람은 다름 아닌 위골랭이다. 마농이 떨어뜨린 리본을 가슴에 생살을 뚫고 달아매고 다닐 뿐만 아니라 그림자처럼 따라 다니며 마농의 사냥 먹이를 곳곳에 떨어뜨려 놓는다. 그러나 마농의 복수로 마침내 그는 유서를 남기고 자살을 한다.

드디어 마농은 교사와 결혼한다. 오페라 가수인 어머니의 노래가 잔잔하게 깔리면서 이브 몽땅의 죽음도 예고한다.

소설이 갖는 리듬과 깊이를 잃지 않았고 프로방스 지방의 포근하고 따뜻한 생활을 그대로 느낄 수 있게 해준다. 고뇌 속의 소박한 완고함과 온순한 광기가 서정적으로 묘사되는 장면들이 오래도록 기억에 남는다.

프랑스에서 가장 영향력 있는 비평가 앙드레 바쟁은 이 이야기를 '프로방스 지방의 보편적인 서사시'라고 평하기도 했다

테마곡은 오페라 작곡가 장 주세페 베르디의 사랑과 복수 오페라 중「운명의 힘」서곡에서 얻은 영감으로 쓴 곡으로 알려져 있다. 전반부에 걸쳐

흐르는 하모니카 음률은 애절하고 구슬프다.

'인간이란 때로 고약 할 때도 있다. 그러나 인간은 언제나 인간인 것이다.' 인간의 존재를 찾아 헤맨 이 영화에서 정말 인간이기를 소망한다는 슬로건이 감명 깊다.

마농은 순수한 사랑이 담긴 아름다운 영화다.

나이를 잊고 산 지는 오래다. 굳이 한 해 한 해를 세면서 기억하기 싫어 가끔 누가 물으면 몇 살인가 되짚어 생각해 본다.

어릴 적 떡국을 먹으면서 한 살 더 먹는 게 그리도 기쁘고 대견했는데 지금은 살아 온 세월이 부끄러운 나이가 되고 말았다.

이곳에서 그동안 잊고 지낸 내 나이가 화제가 되는 경우가 종종 있었다. 프랑스인들은 나를 마담 보알라와 거의 비슷한 나이일 거라 생각했다가 나의 실제 나이에 모두가 놀랐다. 동생은 만나는 친구들에게 내 나이를 가늠하게 묻고는 즐거워했다. 서른여섯에서 많게는 마흔 다섯까지 봤다. 그것도 왜 그렇게 많이 주느냐고 서로 핀잔을 주었다.

한번은 동생 친구 집으로부터 다과 초대를 받았다. 포도주와 안주, 음료수로 한 시간 가량 담소를 나눴다. 무척이나 수다스러운 그 댁 동생 부부도 동석했는데 어찌나 말이 빠르고 코믹한지 웃지 않을 수가 없었다. 쉼 없이 쏟아내는 말과 큰 제스처로 한 시간의 티타임이 짧았다.

집으로 돌아서면서 아이들까지 양쪽 볼에 인사하고 문 앞에 섰는데 마담 보알라가 약간은 길게 작별인사를 나누고 있었다. 그런데 갑자기 그 댁의 수다스런 동생이 달려와서는 내 얼굴을 잡아 당겨 보는 시늉을 하며 이쪽 저쪽을 살피면서 성형수술하지 않았느냐고 몸짓으로 말하는 것이었다. 영문을 모른 나는 엉겁결에 피하고 그쪽 가족 모두가 함성을 지르며 웃고 야단이 났다.

프랑스에서는 나이를 속이면 거짓말쟁이라고 놀린다며 진실을 말하라고 동생이 다그쳤다. 나는 손뼉만 칠 뿐 그냥 어물쩍 웃어넘기고 나왔다. 자기네도 늙지 않게 꼬레로 가야겠다며 환호성을 질렀다.

요즈음은 성형이 유행처럼 번지고 있다. 연예인들이 잠깐 쉬었다 나오면 알아 볼 수 없을 정도로 변해있다. 나이가 먹어도 늙지 않는 배우들을 보면

걱정이 될 때도 있다. 나중에 나이가 들면 어떻게 변해 있을까 궁금하기도 하다. 신세대답게 성형했노라 당당하게 밝히는 연예인들이 늘어나는 것 보면 성형을 하지 않는 사람들을 부추기는 것은 아닌가 싶어 우려된다.

이곳 사람들은 피부가 희지만 주름이 빨리 생기는 것 같았다. 내 나이쯤 되는 사람들도 주름이 자글자글하여 겉늙어

보였다. 여자아이들도 십대 초반이 가장 풋풋하고 예쁘지만 이십대가 지나
면 결혼한 여자들처럼 성숙해 보였다.

동생은 ‘언니가 편안한 생활을 하지 않았는데도 오히려 흰머리도 별로
없고 늙지도 않았다’며 하느님께서 큰 복을 주셨다고 했다. 그래서 하느님
은 정말 공평하시다는 말까지 덧붙였다.

늙어 보이지 않는 것이 정말 복일까, 가슴은 아픈데 겉은 멀쩡하게 보였
나 보다. 나이에 맞게 늙어 가는 것도 아름답지 않을까 싶다.

나이를 잊고 사는 것이 늙지 않는 비결인지도 모르겠다.

부활의 첫 증인

마리 마들렌
(Marie Madeleine)

막달라 마리아 성녀의 머리 부분이 모셔져 있는 성당

마리 마들렌은 성서에서는 막달라 마리아다. 막달라 마리아의 머리 부분이 모셔져 있는 성당을 방문한 후 많은 갈등에 사로잡혔다. 하느님은 왜 나를 그곳에 보내셨을까, 앞으로의 내 생활에 대한 지침서는 아닌지 많은 생각이 들었다.

기도를 하면서도 확실한 믿음이 없는 나는 성경이 무슨 전설처럼 생각될 때가 많았다. 성서에 나오는 도마처럼 기적을 보여 주면 믿음이 생길 것 같았다. 그러나 막달라 마리아의 유해가 안치되어 있는 거룩한 성전은 내게 뭔가 다른 느낌으로 다가왔다. 성당의 웅장함보다도 막달라 마리아가 전설 속의 인물이 아닌 실존의 인물이었다는 사실 하나만으로도 믿음의 문

에 들어 선 기분이었다. 나의 변화는 곧 막달라 마리아에 관한 자료를 찾게
만들었다.

성녀 마들렌은 복음서에서 '일곱 마귀가 나간 막달라 여자'라고 하는 마
리아'(루가 8:2)로 묘사되어 있고, 예수께서 십자가에 달려 계실 때 그 밑에
서 있었으며(요한 19:25) 예수께서 부활하신 일요일 이른 아침에 먼저 막달
라 마리아에게 나타나셨을 뿐만 아니라(마르16:9) 예수께서 부활하셨음을
제자들에게 가장먼저 알린 사람도 그녀였다.(요한20:11)

가파르나움 거리에서 세 번이나 그리스도의 발에 향유를 바르고 죄를 회
개한 마리 마들렌은 예수님을 만날 당시 일곱 귀신에 들린 채 많은 괴로움
과 고통의 나날을 보내던 중 예수님과의 만남을 통해 새로운 인생의 길을

가게 되었다.

그녀를 방탕의 길로 몰아넣었던 일곱 귀신이 다 떠나고 육신의 병은 물론 정신적인 이상까지 고침을 받아 순수하고 온전한 신앙생활을 시작했다. 그리고 예수님을 만난 후 주님의 곁을 따르며 자신의 소유를 다 바쳐 그 일을 도왔다.

예수님께 대한 마들렌의 일관된 사랑은 십자가 죽음과 부활 사건을 통해서 드러난다. 예수님을 따르던 제자들마저 도망한 위기의 상황에서 마들렌은 아무 두려움 없이 죽음의 자리에 동참하게 된다. 예수님께서 부활 후 처음 만난 사람이 바로 막달라 마리아다. 다시 살아나시어 자신의 이름을 정답게 불러 주시는 예수님 음성에 마리아는 놀라움과 기쁨에 어쩔 줄을 모른다. 이처럼 성서와 일치한 인물에 대한 묘사가 확실할 뿐만 아니라 직접 목격한 시신과 동굴에서의 기도 생활 흔적이 뚜렷했다. 그런데 인터넷을 검색하던 중 외국 추리 소설에서 예수님에 대한 오해가 난무한 것을 보고 깜짝 놀랐다.

예수는 인간이며 막달라 마리아는 예수의 부인으로 두 사람 사이에 딸이 있다, 막달라 마리아가 예수를 계승하기로 했는데 베드로가 반발했다, 예수는 십자가에 못 박혀 죽으신 게 아니다, 등등. 물론 스릴러 소설이며 독자에게 흥미를 주기 위해 작가가 꾸며서 쓴 것이지만 많은 사람들이 회의에 빠지게 되어 있었다.

이런 오해를 잠식시킬 수 있는 유일한 증거는 유해가 모셔진 성당과 멀리 떨어져 있는 세인트 봄 정상에 있었다. 막달라 마리아가 복음을 전파하기 위해 까마르그(Camargue)에 도착해서 지중해를 따라 이곳까지 왔다. 천사에 의해 올려졌다는 아슬아슬한 절벽 위의 동굴 속은 기도의 산실이었다.

멀리 알프스산맥에 하얀 눈이 보이는 산 정상에서 막달라 마리아가 평생 기도 생활을 했다는 기적의 동굴은 신의 창조물이었다. 그분의 계시가 아니면 찾을 수 없는 산꼭대기의 절벽인데다가 웅장한 내부는 1세기경에 활동했다는 자료 보도로 보기에는 너무 완벽했다. 절대자를 향한 기도의 흔적은 곳곳에 남아 있었다. 가장 경건한 곳에서 가장 높은 곳을 향하여 기도를 올린 마들렌의 모습은 천상의 성녀였다. 마침 동굴에서 미사가 진행 중인 영광을 누렸다.

비탈길을 내려오면서 언젠가는 그분을 추종하며 마음의 병을 고칠 수 있을 것 같았다. 친정어머니가 교우들의 보살핌을 받았던 것처럼 내 기도의 마지막은 늙고 병들어 있는 사람들을 위해 봉사하며 사랑을 실천하게 해달라는 것이다. 마리 마들렌의 영혼 앞에 촛불을 밝히면서 기도 제목이 변하지 않기를 기원했다.

지금도 타오르고 있는 생생한 체험이 훗날 나를 지탱하게 해주는 믿음의 버팀목이 되어 주리라 믿는다. 그 때가 언제일까.

막달라 마리아가 기도했던 동굴 입구

마르세유 관광 사무실에서 안내지도를 받아 항구 근처에 있는 박물관을 돌기로 했다.

동생과 나는 대중교통을 이용하거나 아니면 걸어서 많이 돌아 다녔다. 지도 한 장 달랑 들고 찾아 나섰다. 지도상으로 보면 무척 가까운 거리인데도 막상 걸어 가보면 달랐다. 가르쳐 주는 사람마다 가까운 거리에 있는 것처럼 몸짓을 해서 꼭 속는 느낌이 들었다.

대낮인데도 으슥한 골목에 들어설 때는 누가 납치를 해가도 모를 정도로 오싹했다. 특히 항구 쪽은 우범지역이 많아 밤에는 돌아다닐 수 없을 정도로 무서운 곳이라고 했다. 거기다가 어찌나 지린내가 나던지 코를 막고 지나갔다. 괴상한 낙서가 그려진 벽 밑에는 개똥이 여기저기 깔려 있어 한눈을 팔수가 없었다. 빈민가처럼 저소득층 사람들의 애환이 깔려 있는 골목을 산을 타듯 걸어 올라갔다.

한참을 걷다 보니 거의 항구 북쪽 끝까지 왔다. 골목을 누빈 끝에 조그만

로터리를 지나자 고대박물관이 나왔다. 원통형 기둥으로 받혀진 건물은 3층으로, 1층에는 올리브 나무를 타원형의 박물관에 장식해 놓았다. 박물관 역시 고대 역사를 말해 주듯 우중충한 분위기였다.

그리스, 인디안, 아프리카 문명을 한눈에 볼 수 있는 박물관이었다. 우선 그리스부터 문명이 숨 쉬고 있는 관람실로 올라갔다. 정말 아는 만큼만 본다는 말이 맞았다. 그리스 문명을 볼 때는 벽화에 새겨져 있는 상형문자를 보고 대충 알지만 깨진 그릇 조각은 어느 시대의 것인지 도무지 알 수가 없었다. 길가에 있으면 사금파리에 불과할 것 같은 조각들, 그리고 녹슨 구리조각들, 별별 조각들이 다 모여 있고, 또 어느 조각상을 보나 모두가 불균형의 미를 가지고 있었다. 금이 간 그릇들을 모형에 따라 붙여 놓았지만 그래도 몇 세기를 거친 것들이라 유리관에 고이 모셔 놓고 있었다.

인디안 문명관에는 인디안 모습들의 탈이 화려하게 진열되어 있었다. 영화 속에서나 보았던 인디언들의 다양한 모습과 동물 가죽, 그리고 박제된 새들이 눈을 부릅뜨고 관람객을 맞이했다. 아프리카 역시 인디언 문명관과 같이 그 시대의 사람 얼굴이라든가 해괴한 동물들이 나열되어 있었는데 역사의 연륜만큼 감명 깊지는 않았다. 한 층에 한두 군데씩 있으니 금방 관람을 끝내고 나왔다. 고고학을 전공하는 사람들이라면 표면이나 빛깔, 그리고 모양을 보고 여러 각도에서 연구를 하겠지만 관광 삼아 온 우리는 그냥 지나가면서 보는 것에 불과했다.

다음은 어디로 가는지 동생이 표를 구했던 사무실로 다시 들어가서 여직원과 한참 이야기를 나누고 있었다. 또 다른 박물관을 찾는 것이라 짐작했다. 그런데 조금 있으니까 그 여직원이 먹던 빵을 손에 들고 나와 밖에 서있는 남자를 가리켰다.

동생은 다시 그 남자와 이야기를 한참 동안 했다. 말을 못 알아듣는 나는 멍청히 서있을 수밖에… 이야기가 잘 끝났는지 인사하고 동생이 돌아섰다.

다른 관광지에 대한 정보의 대화였겠거니 했는데 동생의 대답은 의외였다. 이런 고대박물관 화장실에 휴지가 없다면 너무 부끄러운 일이지 않느냐는 말을 했다는 것이다. 조금 전에는 동생이 사무실 여직원에게 점심식사를 하는 중인데 입맛 떨어지는 이야기를 해서 실례가 되지 않았냐고 물었더니 괜찮다며 밖의 직원에게 말하라고 안내를 했다고 한다. 밖에 있는 남자 직원 역시 자기 소관이 아니라고 발뺌해서 담당자에게 화장지 좀 잘 가져다놓으라고 따끔한 충고를 했단다. 정말 남녀 화장실 모두 휴지가 없을 뿐더러 너무 지저분했다.

우리는 박물관을 나와서 골목이 떠나가도록 통쾌하게 웃었다. 지나가던 사람들이 쳐다봐도 참을 수가 없었다. 그러나 우리나라 관광지도 이러한 불편을 겪고 있는 외국 관광객이 있지 않을까 염려가 되었다. 사소한 일에서 나라의 망신이 될 수도 있다는 것을 동생으로 인해 새삼 깨달았다.

항구를 빠져 나와 바다를 배경으로 동생과 마주앉아 점심을 먹었다. 바닷바람이 춥지 않은 마르세유의 항구를 다시 한 번 가슴에 추억으로 새겨 넣었다.

뮤젤 공원(Le Parc Du Mugel)
신비한 콜크나무

오늘은 뮤젤공원으로 나갔다. 어제부터 내린 비 끝이라 그런지 날씨가 흐리고 바람이 조금씩 불었다. 뮤젤공원은 집에서도 가까워 도보로 가능한 거리였다. 공원입구부터 지중해 해변의 상징인 사랑스런 부겐베리아가 여러 가지 빛깔로 현혹시켰다. 여린 꽃잎의 화사함이란 이루 말할 수 없을 만큼 아름답고 정열적이었다. 신부처럼 눈부셨다.

10월말인데도 우리나라에서는 봄에나 볼 수 있는 꽃들이 옹기종기 피어 있고 샛노란 민들레가 무더기로 군락을 이루고 있었다. 가녀린 야생화의 청초함은 마치 소녀의 수줍음을 닮은 듯 바람결에 하늘거렸다.

공원 한쪽에는 야자수가 숲을 이루었다. 그리고 각양각색의 선인장과 여러 종류의 허브는 종류별로 밭을 만들어 놓았다. 선인장의 키는 무척 높아 보였다. 공원 모퉁이에 낯익은 석류가 함박웃음을 터트리고 있어 친구를 만나듯 반가웠다. 라임오렌지 꽃에서는 벌들이 한창 꿀 잔치를 벌이고 있었다. 만지는 허브마다 서로 다른 독특한 향을 가지고 있어 황홀하기까지 했다.

테마별로 꽃이나 나무를 가꾸어 놓은 숲길을 지나 바다를 한 눈에 볼 수 있는 산으로 올라갔다. 이윽고 도착한 곳은 아스라한 절벽이었다. 청록색 물빛에 반사되어 눈이 부신 바다의 깊이를 가늠하기 위해 돌을 던져 보았지만 헛된 짓에 불과했다. 금방이라도 바닷물 속으로 곤두박질쳐질 것 같았다. 오금이 저려 10초 이상 내려다 볼 수 없는 절벽이 아슬아슬한 내 삶의 일부인 양 긴장감이 돌았다.

돌아오는 길에 콜크 나무를 만났다. 자작나무와 잣나무, 그리고 소나무와 함께 숲을 이루고 있었다. 수많은 낙엽송 중에서도 거대한 키를 자랑하는 콜크 나무는 껍질이 울퉁불퉁한데 누르면 신기하게 탄력이 있었다. 나무 표면은 거칠어도 손가락이 닿는 곳마다 자국이 남았다. 푹신푹신함이 오래도록 사라지지 않았다. 병마개로 사용하는 콜크 나무를 처음 보는 터라 손끝으로 만져보고 또 만져 보았다. 촉감 또한 부드러울 뿐만 아니라 나무향이 은은하게 배나왔다.

새로운 것과의 만남은 언제나 어린아이들처럼 신나고 즐겁다. 그래서 여행은 인생에 있어서 필수인지도 모른다. 동경하는 것과 만나는 순간처럼 가슴이 떨리는 것은 상상하지 않았던 즐거운 삶을 보너스로 받은 기분 때문인 듯싶다. 낙엽이 깔린 융단 길을 나오면서 미래에 대한 또 하나의 가능성을 보았다. 아니 영상으로 나타났다.

이곳 프랑스로 떠나 올 때 내 발목을 잡는 것이 있었다. 나와 동고동락하며 내 모든 시름을 달래 주었던 유일한 친구들이다. 고독한 방을 지켜 주면서 지친 내 마음을 훤하게 비춰주며 다투어 하루를 보고하는 꽃과 나무, 그리고 선인장들이었다. 이 친구들을 누구에게 부탁을 하고 떠날까 걱정이 많았다.

조금만 돌봐주지 않으면 투정을 부리다가 금방 시들어 버리는 꽃들이 꼭 자식 같기도 해서 마음이 놓이지 않았다. 어디에도 마음 둘 곳이 없던 나를 위로해준 분신들이 70여개나 되는데 난감했다.

서울 근교에서 살고 있는 나는 아이가 딸린 수정이에게 부탁할 수도 없어 고민하던 중 날마다 버스정류장에서 만나는 아가씨에게 넌지시 말을 걸어 인사를 나누었다. 다행히 고향도 같았고 같은 아파트와 동에서 살고 있었다. 그 이유만으로 열쇠를 복사해서 주고 내 분신들을 한 달만 잘 돌봐 달라 부탁을 하고 떠나왔다.

딱 한 달만 있겠다 한 것이 그만 축제를 보고 가야한다는 핑계를 붙여 두 달이 흘러갔다. 한국은 매우 춥다는 친구의 메일을 받고 문득 베란다 문을 조금 열어놓고 온 생각이 들었다. 서울에 살고 있는 딸에게 열쇠를 건네준 아가씨한테 전화하여 확인해 보라는 메일을 보냈다.

수정이로부터 메일이 왔는데 날마다 전화를 해도 그녀와 연락이 되지 않는다고 했다. 이제는 내 쪽에서 다급하여 딸한테 전화를 걸었다. 대뜸 그녀가 누군 줄 어떻게 알고 열쇠까지 맡기고 떠났느냐고 잔소리를 해댔다.

딸과 통화를 끝내고 나서 그녀에게 수차례 통화를 시도한 끝에 연결이 되었다. 어찌 된 거냐는 내 물음에 결혼할 남자친구가 있는 파주로 따라 가느라 꽃을 돌보지 못했다는 대답이었다. 일단 그녀와 통화를 하고 나니 마음은 놓였다.

무모한 방법으로 무리한 부탁을 한 것 같아 오히려 내가 미안했다. 항상 단순하게 살고 있는 나는 잔소리를 들을 만도 했다. 마음의 벽을 허물며 이웃과 함께 살고 싶은 나만의 소망은 언제나 빗나갔다.

이제는 시간이 갈수록 두고 온 꽃들 때문에 좌불안석이었다. 한 달이 두 달 되고 석 달이 다 되어 갔다. 목이 마르다는 꽃들의 아우성이 아이의 울음처럼 귓전에서 맴돌았다.

유난히 물을 좋아하는 야생화가 있는가 하면, 햇빛 따라 다니기를 좋아해서 방향을 바꿔 줘야하는 허브들도 많다. 그밖에도 보호 본능을 일으키는 가녀린 트리안은 하루만 물을 주지 않으면 바싹 타버려 애를 먹였다. 호야와 아이비를 수경으로 키우느라 수반에 담아 놓고 왔는데 그것도 마음에 걸렸다. 산세베리와 선인장처럼 무던한 성격을 가졌다면 석 달이 아니라 몇 달이라도 견딜 수 있을 텐데 걱정이 앞섰다.

하나 둘 떠나간 자식들을 대신해서 오며가며 사다 기른 것이 마음의 짐이 될 줄은 몰랐다. 사실 그 동안에도 어디 가서 하루 저녁을 마음 놓고 잘 수가 없었다.

법정 스님의 무소유가 절실하게 느껴졌다. 불자가 주고 간 난 때문에 외출을 마음대로 할 수 없었다는 스님의 말씀이 가슴속에 와 닿았다. 내 마음 위안 받고자 다른 생명을 희생 시키는 건 아닌가 싶어 다소 후회스럽기도 했다.

내 삶의 일부분을 차지했던 손자 형이를 때놓을 때도 새로운 환경에서 스스로 잘 견뎌 내기를 기도 하지 않았던가. 마찬가지로 꽃들 또한 추위와 목마름을 이기고 내가 돌아오기를 손꼽아 기다리고 있으리라 믿었다. 결국 강한 자만이 살아남아 주인의 귀환을 환영해 주겠지 싶었다. 나는 살아남은 자의 강한 의지와 함께 새로운 삶을 살겠다는 생각으로 위안을 삼았다.

점점 잊혀져가는 형이의 얼굴과 꽃들로 인해 뒤척이는 밤이 되고 말았다.

밤이 점점 깊어 가는데 잠이 오지 않았다. 그런데 갑자기 번개와 함께 비바람이 불면서 천둥소리가 요란했다. 얼마나 놀랐는지 누워 있다가 깜짝 놀라 소리를 질렀다. 그 바람에 켜놓지도 않은 컴퓨터 본체가 나가버렸다.

여기 머무는 동안 인터넷으로 우리나라의 소식을 알고 또 메일을 통해 소식을 전하곤 했는데 복구가 되기까지는 상당한 시간이 걸리는 모양이었다. 천재지변으로 일어난 상황이라 부품을 무상으로 교환해 준다는 동생의 말에 다른 세계에 와 있는 기분이 들었다. 새로운 부품이 도착하려면 며칠을 기다려야 된다는데 정말 답답했다. 일이 하나도 없는 사람처럼 갑자기 무료했다. 나는 어느새 인터넷 중독에 빠져 있지 않나 의심스러웠다.

우리는 그만큼 편리한 인터넷 세상에 살고 있다. 세계 어느 곳에 사는 사람일지라도 전화를 대신해서 소식을 전하고 들을 수 있어 간편하고 좋다. 모든 정보를 무한으로 제공해주는 인터넷이야말로 현대인들을 가장 만족시켜주는 매개체가 아닌가 싶다.

이곳으로 온 후 거의 매일 이메일로 산뜻한 이야기를 주고받으며 우정을

쌓아가고 있는 새로운 친구가 있다. 참으로 우연한 자리에서 만났는데 무슨 인연인지 이메일로 서로의 일상을 교환하는 사이가 되었다.

나는 지중해의 소식을 전하고 그 친구는 한국의 소식을 전해 주었다. 석 달 동안 거의 빠지지 않고 주고받았다. 메일이 맺어준 신선한 우정이 인터넷을 통해 서로의 가슴에 쌓여 갔다. 메일은 상대방을 보지 않아도 마음을 읽을 수 있다. 사랑과 우정이 따스하게 전달되어 오기도 하고 또 보내기도 한다. 하기 어려운 말도 거침없이 내보낼 수 있는 편리함 때문에 큰 상처를 입기도 했다.

나는 메일 한 통으로 인해 신뢰와 믿음이 무너지는 참담한 순간을 맛보았다. 내 인생에서 가장 비정한 어미로 전락하기도 했다. 예민한 일들을 대화로 풀지 못하고 메일로 상처를 서로 주고받으면서 자식과 가장 긴 이별이 되어 버렸다.

요즈음도 다수의 연예인들이 악플로 인해 고통 받으며 자살을 하고 있다. 얼굴을 보지 않고 써 내려가는 글들이 생명을 위협하는 무서운 도구가 되어버린 인터넷이 잘못 이용되고 있어 안타깝다.

전하고자 하는 내용을 거르지 않고 감정을 그대로 실어 보냈기에 돌이킬 수 없는 일들이 일어나고 있다. 그래서는 절대 안 되는 가족 간의 사이가 멀어지고 또 사람들이 죽어간다. 사랑과 이별도 메일 속에서 이루어지고 있다. 요즈음은 네티즌들의 엄청난 위력이 공포가 되기도 한다.

나는 아직도 자식과 주고받았던 그 고통의 메일을 고스란히 저장해 놓고 있다. 다시 읽어 보기에도 두렵고 무서운 내용들이지만 언젠가는 되돌려 주고 싶어서다. 한 통의 메일이 비수가 되어 가슴을 찔렀던 어미의 마음을 알려 주고 싶어서인지도 모르겠다. 세월이 흐른 후에, 아니 내가 이 세상에 존재하지 않을 때 다시 한 번 읽어 보고 어미와 같은 상처를 입지 않기 위해서라도 그 메일을 되돌려 주고 싶다. 아직도 내 분노는 저장된 메일 속에서 빠져 나오지 못하고 있다.

인터넷의 이중성으로 인해 득과 실을 경험하면서도 삶이 지칠 때 진실한 마음이 담긴 소식이 그리울 때가 많다. 마음을 털어놔도 상처가 되어 돌아오지 않고, 희생과 눈물의 가치를 소중하게 생각해 주고, 또 우울할 때 웃음을 주는 산뜻한 소식이 기다려진다.

서로 사연을 보내면서 싹터가는 새로운 친구와 이별과 상처가 없는 추억을 만들어 보고 싶다.

지중해 소식을 기다리고 있을 친구가 생각난다.

세계 어느 나라를 가든 시골 풍경은 진한 향수를 느끼게 해준다. 구름이 두둥실 흘러가는 프랑스의 산간농가는 평온하기 그지없다. 가을걷이가 끝난 포도밭에는 안개를 천천히 녹이는 햇살이 살포시 앉아 있다. 라벤더 향이 코끝에 맴돌고 알자스 로렌 지방의 해바라기 밭이 영상으로 스쳐지나간다.

높은 고지의 평원에서 숲이 우거진 농장까지, 전통적인 농가에서 화려한 도심에 이르기까지 잘 정돈되어 있는 이곳의 특성은 매우 다양하다. 우리나라처럼 지역마다 풍토가 달라 건축 양식 또한 달랐지만 자연의 혜택으로 인해 받는 평화는 그 빛깔까지도 같았다.

프랑스 농가의 집들은 대부분 그 지역에서 많은 흙, 돌, 진흙, 나무 등으로 지어졌다. 벽은 석회암이나 자갈류 등에 진흙을 섞어 바른 경우도 있

뒤프레 (Julien Dupre, 1951~1920)
프랑스 농촌의 전원풍경을 주로 그렸다.

고, 진흙에 짚을 섞어 판
자 틀에 넣어 벽돌처럼
눌러서 쓰기도 했다. 남
부 지방의 지붕 표면에는
넓은 고관식 진흙기와가
얹어져 있는 반면 북부
지방의 지붕은 납작한 기

와를 얹는 대신 가파르게 경사가 져 있다. 지역마다 특색이 있지만 나지막
한 돌담들이 마치 제주도에 온 느낌이 들게 했다.

전형적인 산장 스타일이 있는가 하면 주거지와 마구간이 함께 붙어 있는
길다란 집들도 있다. 2층에서 생활하며 아래층에는 사육이나 포도주를 저
장하는 곳으로 이용되고 또 농장 마당이 있는 벽돌집도 있다. 특히 남부
지방의 특색인 황토색과 베이지색 톤의 집들이 한 장의 엽서처럼 아담했다.

가장 오래된 집들의 형태는 사람과 가축이 건물 양쪽 끝에서 거주하는
것이었다. 물론 출입구가 달랐지만 길게 늘어선 집 구조가 새로웠다. 지붕
꼭대기에는 비둘기장이 예쁘게 올라앉아 있다. 특히 화분으로 장식된 덧창
문은 아무리 낡은 집이라도 화려할 수밖에 없었다. 어느 집을 가든 꽃밭이
있고 올리브나무가 우리나라 감나무나 대추나무처럼 흔했다.

햇빛이 쏟아지는 산골짜기에 자리 잡은 농가들은 농촌 생활의 향수를 불
러 일으켜 주었다. 지금은 농한기에 들어갔지만 쌓여 있는 목초더미와, 쇠

볼놀이로 전통 문화를 즐기는 노인들의 모습에서 전형적인 시골의 여유를 찾아 볼 수가 있다.

농가 텃밭에서 햇살을 머금은 해바라기가 활짝 웃어 주었다. 유난히 해바라기를 좋아했던 첫사랑이 환한 미소와 함께 아련하게 떠올랐다. 인생의 황금기에서 소녀는 코스모스가 되고 첫사랑은 언제나 해바라기가 되어 주었다. 지금은 반백이 되었을 동경의 첫사랑이 나와 프로방스를 동행하고픈 모양이었다.

첫사랑은 고즈넉한 평화와 함께 오는가 보다.

할로윈 데이
(Halloween Day)

호박등

순간 뒤로 넘어갈 정도로 깜짝 놀랐다. 해골 복장과 귀신 복장을 한 아이들 두 명과 중년부인이 버티고 서있었다. 뭐라고 열심히 말하는데 알아들을 수가 없으니 보내지도 못하고 속만 답답했다. 손을 휘저으면서 실랑이를 벌이는데 마침 동생이 올라 와 사탕과 초콜릿을 줘서 보낸 후 한바탕 웃었다.

할로윈데이, 말만 들었지 실제로 겪어보지 않아 무척 당황했다. 원래는 영국과 캐나다에서 10월 마지막 밤에 만성절 전야제라 해서 램프를 들고 축제도 하고 또 집집마다 방문하면서 사탕이나 쵸코렛을 얻는다고 한다. 악령을 쫓는다는 의미도 있는 모양이다. 원래는 어린이들의 축제였지만 지금은 어른들도 할로윈 파티를 벌이는 최대의 축제가 되고 있다.

일 년 중 가장 큰 축제로 즐기는 할리우드의 스타들은 남들보다 더 많은 주목을 받기 위해 독특한 의상을 준비한다고 한다. 이 축제의 상징인 호박 등과 기괴한 복장들로 분주한 10월의 마지막 밤을 보내는 서양인들의 연례 행사가 나에게는 경이롭기만 했다. 옥수수 밭에서 잘 생긴 호박을 골라 할로윈 등불을 만들었다는 '비밀의 화원' 저자 타샤 튜더의 행복한 얼굴이 떠올랐다. 달의 얼굴과 비슷해서 '호박 달빛'이라고 불렀다는 그 등불 또한 새로웠다.

거리에는 해골 모양의 탈들이 많이 진열이 되어 있다. 맥도널드에 가도 종업원들이 얼굴에 귀신 모양의 페인팅을 하고 다녔다. 계산대에는 시커먼 해골 탈을 쓴 사람이 버티고 있어 가을의 냉기를 그대로 전해주었다. 유령들이 무덤에서 나와 둥둥 떠돌아 다니며 사람들을 겁준다는 해골들의 모습이 나중에는 무섭기 보다는 재미있었다.

우리나라에서도 할로윈데이를 아이들과 함께 즐기는 화면을 TV를 통해 보았다. 직접적으로 접하지 않았던 문화지만 서양문화를 무조건

배제하기보다는 우리나라 정서와 맞게 어울린다면 세계의 문화를 바르게 접하는 계기가 되지 않을까 싶다.

요즈음에는 무슨 데이가 많이 생겨났다. 발렌타이데이, 화이트데이, 오이데이, 빼빼로 데이 등등, 이런 문화들이 어떻게 해서 생겼는지는 모르지만 나름대로 의미가 있는 듯하다. 그러나 장사꾼들의 속셈이라고 꼬집어 말하는 사람들도 있다. 축제문화에 익숙하지 않는 우리로서는 생소하기만하는 데이들이 낯설어 쉽게 적응하지 못하고 관망만 하고 있다. 서양처럼 계절과 관련 있는 축제를 지역적으로 개발하여 관광 상품으로 만들면 어떨까 생각이 든다.

역사와 전통이 있는 축제를 만들어 온 국민이 함께 즐길 수 있는 날이 되었으면 한다.

엑상프로방스(AIX-Provenace) 동쪽에 있는 '생빅투아르' 산으로 향했다. 프랑스 후기 인상주의 미술가 폴 세잔느의 색채를 만나기 위해서였다.

이 도시는 12세기 말경에는 프로방스의 중심지가 되었고 미술과 교육의 중심지였으며, '선왕' 르네의 통치로 접어들면서 절정을 맞이하게 되었다.

엑상 프로방스는 로마네스크식 수도원이 유명하고 또 학문과 예술의 중심지였던 만큼 순수미술과 고고미술관인 그라네 미술관과 엑스 페스티벌이 열리는 태피스트리 미술관이 유명하다. 또한 분수가 많은 도시로 알려져 있다. 가로수가 늘어선 대로변 한쪽에 발코니가 있는 17, 18 세기의 건물들이 그림처럼 정돈되어 있다. 사회생활의 많은 부분을 차지하는 노천카페들 또한 줄지어 있어 갑자기 의자 한 귀퉁이에 앉아 향수를 달래고 싶은 유혹을 느꼈다.

중심지를 지나가는 생빅투아르 산은 이곳에서 태어난 폴 세잔느(1839~1906)가 만여 장의 그림을 그린 것으로 유명하고 또 피카소의 성이 있어 관광객들의 발길이 끊이지 않는 관광지가 되었다.

　세잔느, 고갱, 고흐는 후기 인상주의의 3대 화가라고 부른다. 그 중 세잔느는 자연을 대상으로 한 풍경과 정물화를 그렸다. 주로 오렌지색을 즐겼고 또 모든 미적 영감을 프로방스의 풍경에서 얻어냈다. 인상주의를 표방했던 그는 산기슭 작업실에서 보는 것도 모자라 매일 그 산을 올라갔다. 독창성의 근원인 자연 속에서 공기와 바람을 담아냈다. 나뭇가지를 흔들며 지나가는 산들바람을, 그 잡을 수 없는 자연의 숨결과 밝은 색채를 그려낸 세잔느는 쏟아지는 햇살을 사랑했다.

　세잔느에서 반 고흐, 모네에서 피카소에 이르기까지 많은 화가들이 남부 지방의 매혹적인 햇살과 밝은 색채에서 영감을 얻었다고 한다. 그래서 인상파 화가들은 빛의 효과에 매료되었으며 모네는 눈부실 정도로 황홀하게 빛나는 남부의 빛에 넋을 잃을 정도였다고 한

다. 그는 그 어느 누구도 이 강렬한 빛을 정확하게 표현해낼 수 없을 거라고 했다. 1883년에 함께 온 르누아르는 화폭에 육감적인 누드를 그리고 난 후 스며 나오는 황금빛을 그려 넣기도 했다.

보나르 또한 남부에 정착하면서 빨간 지붕과 종려나무를 그렸다. 후기 인상파인 반 고흐와 고갱도 1888년에 와서 마을의 다채롭고 풍부한 색채에 영감을 얻었다고 한다.

정말 눈길이 닿는 곳마다 모두가 마치 빈센트 반 고흐의 해바라기(1888)를 걸어놓은 듯 황금빛으로 빛났다. 거기다가 이국적인 가을 풍경을 화폭에 담아 놓은 듯 모두가 화려한 갤러리로 변했다. 낮게 깔려 있는 구름이 한동안 가슴을 젖게 했다. 문득 어려운 삶의 고비를 넘길 때마다 고향의 산을 말없이 함께 달려 주었던 친구가 생각났다.

소나기처럼 간간이 내리던 비가 그치고 멀리 하얀 석회암산이 보였다. 마치 치마를 주름잡아 놓은 듯 수많은 골짜기가 구름 속에서 숨바꼭질을 하고 있었다. 구름이 넘나드는 생빅투아르 산이 바로 눈앞에 나타났다. 산에 오르고서야 하나의 산에서 수많은 색감을 발견한 세잔느의 시선과 눈을 맞출 수 있었다는 독일의 작가 한트케의 말처럼, 절묘한 색채가 흐르고 있었다.

비에 젖은 숲길을 따라 갔다. 아기자기한 상가가 있는 조그만 마을이 나왔다. 붉게 물든 담쟁이 넝쿨로 덮인 아담한 성당과 우체국이 마치 엽서처럼 정돈되어 있었다. 비가 온 뒤라서 그런지 마을 전체가 어둠에 깔려 있어 중세의 유령 도시에 온 느낌이었다. 가을비에 젖은 낙엽을 밟는 기분 또한 음산했다. 폴 세잔느의 작업실인 세잔 아틀리에는 그가 죽던 1906년 당시의 모습이 그대로 보존이 되어 있다는데 휴일이라서 들어갈 수가 없어 발을 동동 구를 수밖에 없었다.

멀리 피카소의 성이 생빅투아르 산을 배경으로 신비에 가려진 채 나타났다. 마치 숲 속의 궁전 같았다. 피카소의 성은 한 폭의 멋진 풍경화였다.

세잔느와 피카소가 사색하며 지나 다녔을 길을 따라 내려갔다. 좁은 언덕길은 생빅투아르 산으로 오르는 길목이지만 피카소의 집으로 향한 길이기도 했다.

피카소의 집 대문은 굳게 닫혀 있었다. 곳곳에서 그의 영혼이 떠돌아다니는 듯 한동안 무거운 침묵이 흘러갔다. 피카소의 손때와 물감이 묻어나올 것만 같은 대문 고리를 흔들어 보면서 내 가슴속에 잠자고 있는 영감을 불러 깨웠다. 감회가 새로웠다.

세잔느의 절대적인 영향을 받은 피카소는 1881년 스페인의 말라가에서 태어났으나 생애의 대부분을 프랑스의 지중해에서 보냈다. 요정과 바다, 해변을 달리는 여인들을 비롯한 그의 작품들도 모두 남부의 빛과 강한 무지개에서 영감을 얻은 작품들이라고 한다.

20세기 미술의 거장 피카소의 성문 앞에서 한없이 초라한 내 모습을 만날 수가 있었다. 그러나 한 시대를 풍미하고 떠나간 화가들의 삶을 추억하고 작품 세계를 성찰할 수 있다는 것은 내 생애에 있어서 영광일 수밖에 없다. 그 감동으로 인해 내가 새로운 삶을 얻을 수 있다면 아니 배워 갈 수만 있다면 그 의미는 참으로 크다.

산에 올라 갈 수 없어 피카소의 집을 뒤로 하고 언덕을 올라 왔다. 조그만 대문 사이로 빨갛게 익은 감나무가 산을 배경으로 서 있었다. 초상화를 그릴 때는 꾸미지 말고 움직이지도 말고 사과처럼 앉아 있으라는 세잔느의 엄명처럼 감나무는 한 점 흐트러짐도 없이 이방인의 눈을 황홀하게 만들었다.

화려함과 고요함, 그리고 즐거움을 그렸다는 마티스는 "나를 이곳에 머물게 만든 것은 1월 한낮의 다채로운 빛의 반사"라고 했다. 그 빛이 바로 내 가슴을 관통하고 지나갔음을 느꼈다. 순간적인 느낌이었지만 영원히 잊혀지지 않을 영롱한 빛이었다.

100주기를 지낸 세잔느가 그렸다는 자연의 생동감과 유동성을 생생하게 느끼며 발길을 돌렸다. 또한 직접적이고 서사적인 피카소의 영혼을 향해 손을 흔들며 아쉬움을 달래야만 했다. 내려 온 길에 기나긴 침묵이 내면의 강으로 흘러갔다.

위령성월

어머니의 가없는 사랑

유럽은 위령성월(11월 1일)을 모든 성인의 날이라 해서 국경일로 정해져 있다. 위령성일을 맞아 나는 두 번째 공동묘지로 향했다. 친정어머니를 떠올리면서 묘역을 걸었다. 이른 아침인데도 많은 사람들이 벌써부터 국화꽃과 시크라멘 등 화분들을 가져다 놓았다. 묘지가 마치 화원처럼 아름답고 한없이 평화스러웠다.

십자가 밑에 잠들고 있는 영혼들이 오늘만큼은 외롭지 않을 것 같다. 도란도란 이야기도 나누며 화려한 잔치를 벌이고 있는 듯 소란스럽기까지 했다. 위령제를 지내려는지 진혼곡이 잔잔하게 울리고 시장을 비롯해 많은 사람들이 공동묘지로 모여들었다.

무덤 모양도 다양하다. 거의가 대리석을 깔아 놓은 무덤들이 많았지만 그 중에서도 조그맣게 집을 지어 문을 열고 들어가는 형식의 무덤도 있다. 안으로 들어가면 제단 위에 여러 명의 사진과 꽃들이 진열되어 있는 것으로 보아 가족을 모시는 납골당으로 사용한 듯 했다.

자손이 많은 집안일수록 화분도 많아
거창한 반면 어떤 묘지는 아무 것도 없이
쓸쓸하게 누워있다. 세라믹으로 빚은 아
름다운 꽃들이 시들지 않고 그대로 장식
되어 있어 아름다웠다. 공동묘지라기보다
는 마치 꽃동산처럼 보였다.

올 위령성일에도 내 어머니의 무덤은
모니카 자매가 들렀을 것이다. 육신의 딸
인 나보다 영적인 딸이 효녀 노릇을 톡톡
히 해주고 있다. 어머니는 살아생전에 미
리 그것을 알고 내 손과 모니카 손을 마주
잡고 나를 잘 부탁한다고 했다.

고단한 삶을 마감하는 순간까지 딸 걱정만 하고 떠나신 어머니, 그런 어
머니를 위해 해드릴 수 있는 것은 아무것도 없다. 돌아가신 부모를 위한
기도는커녕 회한과 원망과 절망 속에서 지금도 헤어 나오지 못하고 있다.

이곳으로 오기 전에 어머니 산소를 들렀었다. 넋을 기리기 위해 무덤을
뱅뱅 돌았지만 평생 어머니의 가슴에 못을 박고 살아 온 후회로 가슴이 저
려왔다. 엄마라는 보편성이 너무 강해 어머니의 사랑은 당연하다고 생각한
나는 그 위대한 사랑을 남용하며 살았던 것 같다. 결코 흔한 사랑이 아닌데
도 헤프게 쓰며 살았다. 내 사랑 또한 자식들이 함부로 다루고 있는 것 같아

가슴이 아프다. 자식들도 내 나이가 되었을 때 비로소 보이지 않았던 어미의 사랑을 느끼리라 믿는다.

이제는 후회해도 소용이 없는 지난날의 불효를 평생안고 살아 갈 수밖에 없다. 나는 지금 어머니와 똑같은 외로운 삶을 살고 있다. 문득문득 자식들이 그리워지는 순간들을 삭히며 어머니의 심정을 헤아려 본다. 전화를 기다리면서 항상 대문을 향해 시선이 멈추었던 내 어머니, 이제야 그 절절함을 알 것 같다.

하늘에 계신 어머니와 모든 위령들에게 기도로 대신하고 무거운 발걸음을 옮겼다.

조블랙의 사랑

운명에 대해서

　브래드 피트와 안소니 홉킨스가 나오는 「조블랙과의 사랑」이라는 영화를 봤다. 동생의 간단한 통역만으로도 내용을 완전히 소화할 수 있어 좋았다.

　이곳 사람들은 안소니 홉킨스가 주연한 「양들의 침묵」을 열광적으로 좋아하는데 나는 무서워 방석으로 장면을 가리면서 보았다. 공포감이 감도는 정적이 좋다는 헤그베 부부는 태연했다.

　다행히 「조블랙과의 사랑」은 공포물이 아닌 죽음과의 싸움이었다. 한 인간에게 죽음을 알리면서 시작된다. 60대 중반으로 아직 할 일이 많은 남자 주인공(안소니 홉킨스)은 죽기가 너무 억울하고 아쉬워 저승사자와 협상을 한다. 지상에서 머무는 기간을 한 달로 약속했다. 경영하던 회사를 잘 정리하고 자신의 생일잔치가 끝나는 날 영혼이 떠나기로 했다.

　생명이 유보된 한 달 동안 다른 사람의 영혼이 찾아와 함께 동행 하면서 남자 주인공과 일상생활을 똑같이 한다. 그림자처럼 붙어 다니던 죽음의 사자는 노인의 딸을 사랑하게 된다. 사랑은 저승과 이승에서도 불같이 타올랐다.

아버지는 기약한 삶의 끝에서 딸은 데리고 가지 말아 달라고 애원한다. 죽음의 혼령도 사랑은 있었다. 애인과 헤어지면서 눈물을 흘리는 영혼은 결국 새로운 또 한 사람의 영혼을 사랑하는 여인 앞에 데려다 주고 아버지하고만 떠난다.

65세의 화려한 생일잔치를 끝으로 죽음을 향해 담담하게 걸어가는 주인공, 살고 싶다는 애원 한마디 없이 언덕 너머로 사라지는 인간의 마지막 뒷모습은 참으로 허무했다. 결국 빈손으로 떠나면서 사는 동안 모든 사물에 미련을 두었던 지난날들이 헛되고 헛될 뿐이라는 교훈을 남겨 주었다.

미련 없이 죽음을 그렇게 떠나보낼 수만 있다면 얼마나 좋을까. 마치 먼 길을 가는 것처럼 아니 지상에서 천국으로 여행가는 사람처럼 평온한 마음으로 떠날 수만 있다면 죽음에 대한 공포는 없을 것 같다.

한 친구는 일하다가 심장이 멈춘 후 5분 만에 떠나기를 소망하고 있다. 그래서 죽는 날까지 일하고 싶다고 했다.

어쩌면 세월이 더해질수록 죽음에 대한 불안을 이겨 보고 싶은 마음에서 나오는 말 일 것이라는 생각이 든다.

누구나 생명이 있는 한 죽음에 대한 공포는 쉽게 사라지지 않는다. 그러나 어느 한 순간 그 공포를 잊을 때가 있다. 살아 있는 것이 죽어 있는 것보다 더 수치스럽고 비참할 때다. 삶에 아무런 의미가 없다고 느껴지는 순간에는 두려움도 사라진다. 아마 우울증 환자들이 수시로 느끼는 감정의 변화일 것이다. 우울증은 죽음에 대한 공포를 무력화시키기도 하지만 마치 죽은 후 다시 소생할 것 같은 환상을 갖게도 만든다. 그래서 아무런 저항 없이 죽음을 선택하게 되는지도 모르겠다.

살고 싶은 욕망이 크면 클수록 삶에 대한 미련은 많다. 생명의 연장을 위해 수단과 방법을 가리지 않는 탓인지 노인의 인구가 많아졌다고 한다. 어디를 가나 햇빛에 졸고 있는 노인들을 볼 수 있다. 중국만 해도 아침 9시만 되면 공원이나 강변으로 모여 들어 기체조를 하거나 낚시를 하면서 소일하는 노인들로 발 디딜 틈이 없을 정도였다. 겨울에 해바라기를 하는 노인들을 보면서 몇 년 후 자신의 초상화를 본 듯하여 섬쩍지근했다.

세계 어느 나라든 이미 고령화 시대에 접어들었다. 품위 있는 인생을 마감하기 위해서는 젊었을 때부터 노년에 대한 계획을 세우며 살아야 되지 않을까 싶다.

삶도 사랑도 종착역은 결국 이별이다. '조블랙의 사랑'은 오래도록 기억에 남는 영화가 될 것 같다.

이곳의 음식은 대체적으로 내 입에 맞았다. 동생이 세심하게 내 입맛에 맞는 음식만을 골라줬는지는 모를 일이지만….

음식마다 적절한 간과 향료가 미각을 돋우었고 소스의 감칠맛이 늘 나를 들뜨게 했다. 호기심은 고양이도 '죽인다' 라는 서양 속담도 있지 않는가. 생전 처음으로 접해 본 음식에 대한 호기심은 체류하고 있는 동안 내내 나를 허기지게 만들었다.

이곳에서의 내 호기심은 음식뿐이 아닌 여행 등 모든 사물이 다 그 대상이었다. 거기다가 유럽 사람들의 음식문화를 눈여겨보는 기회가 새롭고 흥미진진했다. 그들과 같이 앉아 잡담을 하며 여유롭게 즐기면서 먹는 식사야말로 내가 한껏 누려보고 싶은 낭만과 멋이었다.

처음에는 코스별
로 나오는 음식 때문
에 무엇에 중점을 두
고 먹어야 하는지 몰
라 초반부터 배가 불
러 나중에는 메인음
식을 남기는 안타까
움도 있었다. 그러나

두 달이 지난 지금은 천천히 다음에 무엇이 나올 것인가 생각하며 먹는 노
하우가 쌓였다. 나는 체중이 빠져서 가는 것이 아니라 더 늘어서 갈 정도로
이곳의 음식문화를 즐겼다.

오늘은 마르세유에 있는 칸비에르 거리를 활보하며 윈도우쇼핑을 실컷
하고 비린내 나는 항구를 돌아 노천식당에 자리를 잡았다. 언제나 그랬듯
메뉴는 동생이 심사숙고해서 골라 주었다. 11월의 태양과 함께 삶의 여유를
즐기며 사는 이곳 사람들의 모습이 한눈에 들어 왔다.

동생은 스테이크를, 내 몫으로는 홍합 요리를 시켰다. 맥주로 먼저 입술
을 적셨다. 목 줄기를 타고 내려가는 순간 갈증이 해소되었다.

얼마를 기다렸을까. 드디어 근사한 그릇에 뚜껑이 덮여서 나온 홍합요리,
무척이나 품위 있어 보였다. 그런데 돔 모양의 뚜껑을 여는 순간, 뽀얗게
우러나 있어야 할 국물은 바닥에 깔려있고 홍합만 까칠하게 담겨져 있는

게 아닌가.

시원한 홍합국물로 속풀이를 할 셈이었는데 한 스푼 떠먹은 후 너무 짜서 눈을 감고 넘겼다. 얼마나 오래 동안 끓였는지 국물이 닳아서 짤 뿐만 아니라 홍합은 말라 비틀어져 있었다.

동생이 무안해 할까봐 그냥 홍합 살만 빼서 먹고 감자튀김으로 간을 조절해서 먹었다. 동생 역시 만족스런 표정이 아니어서 맛이 어떠냐고 물었더니 말고기도 이렇게 질기지는 않을 거라며 꼭꼭 씹고 있었다.

눈을 내리 깔고 먹는 모습이 너무 우스워 도저히 참을 수가 없었다. 어쩔 수 없이 나는 또 한 번 크게 웃고 말았다.

홍합국은 그렇다 치고 다음 코스를 기다렸다. 그런데 종업원이 후식을 뭘 먹을 건지 물었다. 나는 더 나올 것이 없다는 동생의 말에 홍합이 밥이냐고 되물었다. 질긴 고기를 먹고 속이 편하지 않았던 동생이 배꼽을 잡고 웃었다. 으레 코스별로 나오는 줄 알았는데 오늘 점심은 간단하게 시켰단다. 늘 우아하게만 먹어서 그렇게 간단한 요리는 없는 줄 알았다.

마르세유 항구에서 짜디짠 홍합 국으로 점심을 대신했다. 지중해의 바닷물을 제대로 맛본 셈이다. 그러나 우리는 노천 식당에서 낭만만으로도 허기진 배를 충분히 채우고 나올 수 있었다.

오랜 이별 예감

귀향길

어느 해 11월 중순이었다. 쌀쌀한 초겨울이라 바람마저도 뼈를 에이게 했다. 트럭 창문을 열고 바람을 들이마셔도 비참한 마음이 가라앉지 않았다. 자식 하나를 가슴에 묻고 떠나는 비정한 어미가 되어서인지 분노 또한 깊었다. 트럭에 실려 떠났던 그 길은 아주 먼 귀양길이 되어 작은 아들이 마련해 놓은 낯 선 집으로 들어갔다.

11월의 시골은 쓸쓸했다. 수확을 끝낸 밭에는 검은 그림자가 상주해 있었다. 사방을 둘러봐도 말 한마디 나눌 수 없는 새 둥지, 시골 특유의 적막

감 속에서 뜬 눈으로 날을 맞이하곤 했다. 바람 부는 날에는 두 귀를 막았다. 유배된 느낌이 들 때는 8층 아파트 밑을 내려다보며 가장 쉽게 모든 것을 정리 할 수 있구나 싶어 오히려 안도감이 왔다.

아무런 대책도 없이 살림살이 몇 가지를 챙겨 나온 생활은 비참했다. 상상할 수도 없는 상황이 나한테도 일어나는구나 싶을 때는 살아 있는 것조차도 수치스러웠다. 밥상 위에 숟가락 하나만을 놔야 하는 현실, 의지할 대상을 잃었다는 사실을 인정하는 것도 그리 쉽지는 않았다. 밤마다 찾아오는 불면을 피하기 위해 육체적인 일을 시작했다.

야간에 12시간씩 일하면서 지나온 일들 모두를 지워가기로 했다. 그러나 배신에 대한 분노가 한번씩 치솟아 오를 때는 그 절망에 밤새도록 울었다. 도저히 믿어지지 않는 현실을 덮어 두기에는 가슴이 너무 아팠다. 스스로에게 최면을 걸며 내게 주어진 삶을 살아가는 과정이 힘들었을 뿐 누구를 위한 것이 아니라고 소리도 질러 보았다. 되돌아 온 것 역시 이해할 수 없는 분노의 메아리였다.

대부분의 가정에서 부모와 자식간에 일어나는 일들이지만 내겐 유난히 큰 충격이었다. 나와 첫째 사이에는 의견 차이로 해결할 수 없는 강물이 흐르고 있었다. 첫 결혼 문제부터 빗나가기 시작한 의견대립은 끝이 없었다. 사사건건 풀리지 않는 미스테리 극처럼 점점 미궁 속으로 빠져들었다. 어미의 충고는 쓸데없는 간섭이 되고 귀찮은 존재가 되고 말았다. 부모의 능력을 원하는 자식 앞에 아무것도 해줄 없는 나였기에 함께 한 삼십년의 세월이 와르르 무너지는 순간을 맛보기도 했다.

갈등의 끝은 참담했다. 부모 자식간에도 지켜야할 도리가 있는데 우리는 그 도리를 지킬 수가 없었다. 해서는 안 될 말들까지 오고가며 서로 이별의 길을 선택했다. 어쩌면 나보다는 아들이 더 원했던 길이기도 하다. 나는 결국 어미의 자리를 포기하고 자식 또한 자식이기를 거부하고 말았다. 이건 불가항력의 허무한 협상이었다.

내 욕심이 지나친 것이었을까, 나와 고생을 함께한 아이들은 언제나 내가 원하는 그 자리에 항상 있을 줄 알았다. 적은 용돈에도 불평을 보이지 않았던 심성으로 어미와 함께 고통을 이겨 나가리라 생각했다. 결혼을 서두르지 말라는 이유를 이해 해주리라 믿었다. 그러나 자식은 자신의 사랑을 선택한 영화 속의 주인공이 되었다.

세월이 흐른 지금에 와서 생각해 보면 자식이 부모를 버렸다는 극단적인 느낌이 들었던 건 내 인생을 자식에게 너무 올인했기 때문이 아닌가 싶다. 그 누구보다도 자식들이 중심이 되어 살아 왔던 세월이었기에 내 인생마저도 휘청거렸던 것 같다. 자식들의 인생관까지 나와 같은 주파수에 맞추려 했던 욕심이 갈등의 씨앗이 된 것 같기도 하고 또 이해에 앞서 어미라는 이름만으로 자식의 앞날을 염려했던 표현이 지나쳤는지도 모르겠다는 생각이 든다.

우주는 관계로 인하여 존재한다고 했다. 그 상대가 누구든 관계를 떠나 살아야하는 불행한 관계가 바로 나한테도 일어났다. 이제는 많은 갈등이 자신에게만 일어나는 일이 아니라는 사실을 인식하고 고통의 감정에서 벗어나 마음의 평화를 얻으려 한다. 상대가 누구든 서로가 원하지 않은 길은 가지 않는 것이 좋을 것 같아 세월이라는 처방으로 고통이 희미해지기를 기다리고 있다.

용서가 어려운 건 하는 방법을 몰라서라는 딕티비츠의 말처럼 제대로 살기 위해서라도 용서의 기술을 배우고 연습하며 살고 싶다. 용서의 극치는 평화로움이라고 한다. 그 평화로움에 닿는 지름길은 상처를 준 사람을 서로 잊는 것이다.

'너를 용서 않으니 내가 괴로워 안 되겠다/ 나의 용서는 너를 잊는 것/ 너는 나의 인생을 쥐고 있다 놓아버렸다/ 그대를 이제는 내가 보낸다…'라는 프레드 러스킨의 글귀도 마음에 와 닿는다. 해마다 11월은 돌아 갈 수 없는 곳으로 내 영혼이 이사를 가는 날이 되고 말았다.

 황혜경 여행에세이

라 씨오따 축제

희망의 불꽃

이곳에서는 유난히 축제가 많다. 농업이 근간인 프랑스인들에게 계절의 변화에 민감한 것은 어찌 보면 자연스런 일이다.

봄이 오면 야외로 나가 햇빛이 드는 노천카페에서 차를 마시며 즐긴다. 부활절에는 가톨릭교회 행사나 콘서트 등이 열리고, 5월의 칸영화제는 가장 잘 알려진 행사다. 이를 시작으로 재즈 페스티벌이 열리면서 봄의 축제가 시작된다.

여름에는 7월 중순부터 9월 초순까지 항구나 해수욕장은 북새통을 이룬다. 가을에는 거의 모든 지역에서 포도주 축제가 열리고, 새로운 포도주가 생산되는 11월에는 축제가 더 많이 열린다. 겨울에는 성탄과 프랑스 대규모의 박람회와 시장이 테이프를 끊는다. 그리고 알프스와 피레네 산맥 등에서 스키 축제를 벌인다. 니스에서는 사순절까지 카니발이 끊임없이 이어진다. 지역별로 펼쳐지는 다양한 축제는 모든 사람들의 삶의 근원이 되고 있다.

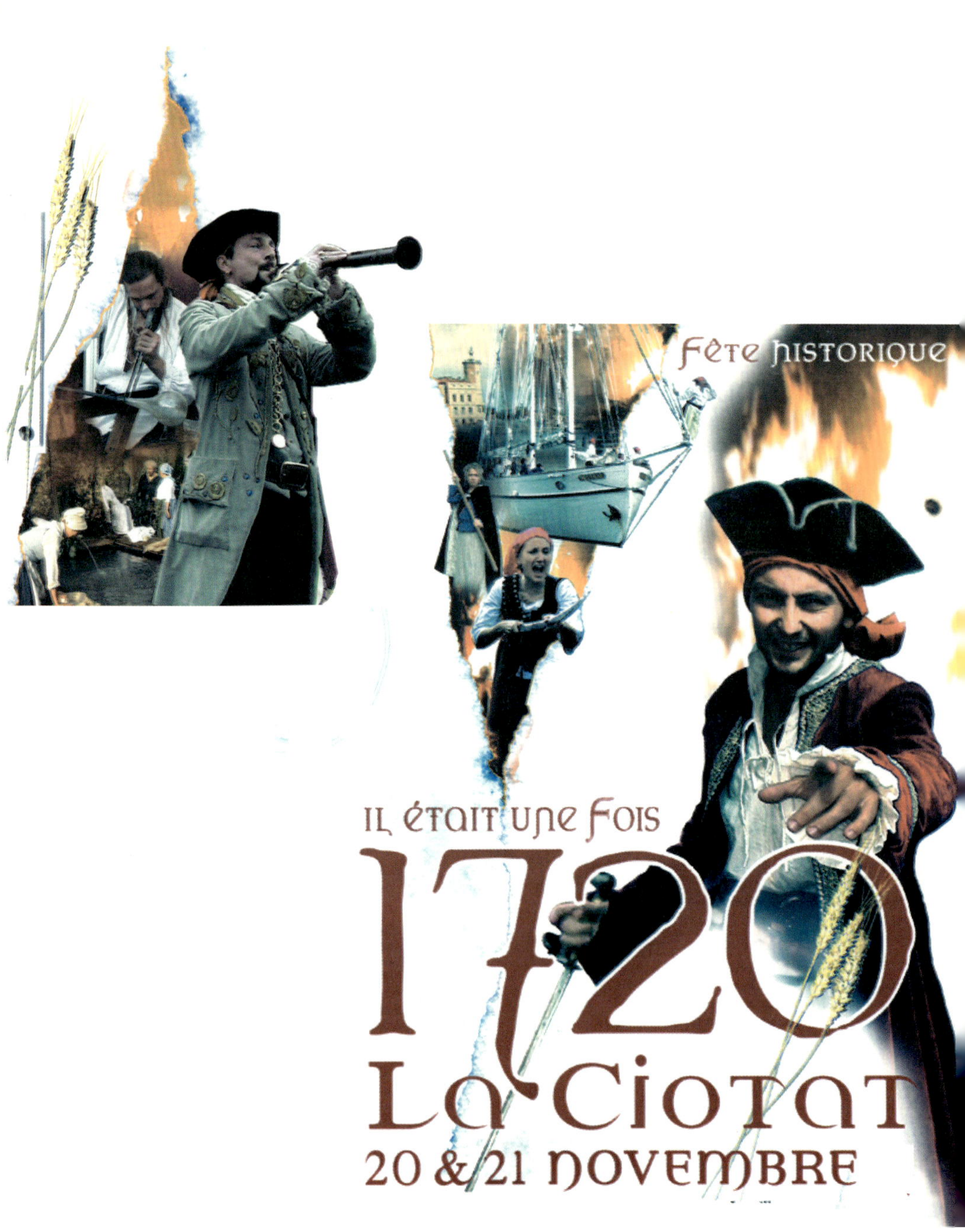

Fête historique
Il était une fois
1720
La Ciotat
20 & 21 novembre

라 시오따를 지켜주는 성자의 동상

거지로 분장한 봉사자와 함께

나는 이곳 라 씨오따시의 큰 축제를 보기 위해 예정보다 한 달을 더 머물게 되었다.

1720년 루이 15세 시대를 그대로 재현한 이틀간의 축제는 역사와 문화를 담당하고 있는 여자 부시장 미라이(Mireille Benedetti)의 독창적인 아이디어로 발굴된 축제이다.

시대의 배경은 1720년 프랑스 전역에 마지막 전염병인 페스트가 유행할 때였다. 라 씨오따와 그리 멀지 않은 마르세유에서는 10명당 1명이 죽었을 정도로 심각했는데 라 씨오따만은 유일하게 페스트가 침범하지 않았다. 해상을 통해 들어오는 모든 배를 마을 사람들이 힘을 합쳐 봉쇄했기 때문이었다.

10년째 열리고 있는 이 축제의 큰 의미는 따로 있었다. 시민들의 생계수단이었던 조선소가 문을 닫는 바람에 많은 실업자가 생겼다. 공장이나 회사가 별로 없는 이곳 사람들의 유일한 생존수단이었던 조선소의 폐쇄는 너무나도 큰 충격이었다. 실의에 빠진 사람들에게 즐거움을 주기 위해 역사를 거슬러 올라가 그 시절의 희망을 찾아 낸 것이 바로 이 축제다. 8백여 명으로 구성된 자원 봉사자들의 활동은 온 축제장을 활기로 몰아넣었다. 축제장 세트는 완벽하게 재현되어 있었다. 인구 3만여 명의 시가 인근 시에서까지 참여하는 사람으로 인하여 십만이 넘는 인파가 축제로 북적거렸다.

영하의 날씨가 별로 없는 지중해의 따뜻한 도시임에도 11월의 아침은 제법 쌀쌀했다. 이른 아침부터 축제 분위기가 무르 익어갔다.

그 시대의 전통 의상을 입은 자원 봉사자들의 눈부신 활약이 대단했다. 떼거리로 몰려다니면서 익살을 떠는 거지들로 분장한 사람들은 얼굴뿐만 아니라 치아까지도 새까맣게 칠한 채 구경꾼들을 웃기고 다녔다. 어느 나라든 어려웠을 때가 있었기에 거지들의 해학적인 모습은 오히려 친근하게 느껴졌다. 품바타령은 아니었지만 자기들만의 세계에서 즐겨 부른 노래를 구성지게 뽑고 다녔다.

바닷가에 재현한 세트장은 한 편의 전쟁영화를 보는 듯했다. 우선 입구에는 사형장이 만들어져 있고, 5미터 정도의 높은 곳에서는 이 도시를 지키기 위해 무장한 군인들이 바다를 향해 총을 겨누고 있었다. 간간이 터지는 대포 소리가 상황의 긴박함을 재현했다. 힘찬 구령과 함께 행진하는 군인들의 절도 있는 발자국 소리가 함성으로 몰려 왔다.

마당 안쪽에서는 전통악기 리듬에 맞춰 흥겹게 춤을 추는 군중들로 가득했다. 페스트균이 침범하지 않은 마을에 사는 후손들의 축제다웠다. 루이 15세도 신하도 군중도 모두 하나가 되어 거리를 활보하며 축제를 즐기고 있었다.

축제장 바닥은 마른 풀과 나무껍질이 섞인 탓에 푸석거렸다. 안으로 들어가면 대장간, 빨래터, 채소밭, 거지들의 집단 거주터, 해적들의 아지트와 도자기를 굽는 곳, 그리고 조선소가 있었던 곳이라 배를 제작하기 위해 나무를 깎고 있는 자원 봉사자의 모습도 보였다.

그 시대의 놀이터를 만들어서 아이들로 하여금 체험하면서 놀게 했다. 또 편안하게 걸터앉아 따뜻한 커피와 와인을 즐길 수 있는 카페도 낭만적이었다. 아이들에게 동화책을 읽어 주고, 옛날 과자를 그대로 재현해서 굽는 상점도 인기였다.

성인을 석고로 직접 만들어서 한 코너를 차지하고 있는 제부 헤그베의 전통 의상도 멋져 보였다. 왕족, 선장, 귀족, 귀부인 수사 등, 화려한 군복을 입은 군인들과 어린아이들까지 모두 황홀했다. 무장한 군인들의 행진도 흥미로웠다.

라 씨오따로 들어오려는 왕의 군대와 주민들이 싸우는 장면을 즉석에서 재현해 보일 때는 온 몸에 전율이 일었다. 내 마을을 지키기 위한 주민들의 투쟁과, 바닷가에서 진을 치고 있는 군인들의 함성이 전쟁터를 방불케 했다.

축제장에는 생소

한 복장을 한 사람들이 있었는데 그들은 눈만 내놓고 얼굴 전체를 흰 천으로 뒤집어쓰고 다녔다. 빼니땅 블랑(Penitnts Blance)이라고 부르는 이들은 개혁 전에 신분을 숨기고 고행하며 자선사업을 하던 사람들로 적십자 활동을 하는 단체라고 한다. 그러니까 종교조직으로 사칭하고 지하운동을 하는 사람들의 조직이다. 빼니땅도 흰색(적십자) 파란색(바다) 검정색(병자)으로 구분하여 분야별로 활동을 했다고 한다.

조류의 부리처럼 코만을 길게 한 복장을 입고 다니는 사람들도 있었다. 얼핏 보면 펭귄이 드레스를 입은 모습처럼 독특한데 이는 전염병에 걸리지 않도록 만든 의사들의 보호복장이었다.

저녁에는 이 도시를 지켜준다는 성자(Saint-Roch)의 동상을 빼니땅 회원들이 들고 마을을 행진했다(이 동상을 동생 남편이 제작했음). 왕과 왕비 그리고 왕자가 앞장서고 귀족 서열 순으로 행진하는 촛불 축하행진이었다. 나는 왕에게 사진을 찍어도 되느냐고 물은 후 최고라고 엄지손가락을 세워주었더니 고맙다는 인사를 아끼지 않았다. 시가지를 한 바퀴 돈 다음 가장 오래 된 성당 앞에서 간단한 행사가 진행되었다.

쌀쌀한 날씨에 언 손을 불어가며 지켜본 축제는 그 열기가 대단했다. 조그만 도시에서 뿜어낸 화합의 함성은 지중해 해안을 타고 멀리 이탈리아 영국 스페인 등 인접 국가로 퍼져 나갔다. 280여 년의 세월을 거슬러 올라가는 타임머신을 타고 라 씨오따 시민들의 축제의 밤은 깊어만 갔다.

희망의 불꽃은 계속 타오르고 있었다.

작은 거인, 미라이 부시장

문화발굴의 거장

미라이, 그녀를 만난 것은 나에게는 큰 행운이었다.

제부 헤그베의 도움이 컸는데 그녀는 나보다도 작은 몸으로 라 씨오따 시의 부시장 역을 거뜬히 해내는 여장부였다. 라 씨오따 시의 축제 창안자이기도 한 그녀는 축제 기간 내내 현장을 돌며 역사를 재현하는데 몸을 아끼지 않았다.

미라이 부시장의 초대로 시청을 방문했다. 물론 나는 한국을 대표하는 민간홍보대사 역할로, 그녀는 라 씨오따를 한국에 알리고자 하는 목적이었다. 프로방스지 여기자와 시청내의 기자가 합석을 했다.

의례적인 이야기로 말문을 열었지만 당당함이 배어있는 미라이의 모습에 매료되었다. 동생의 통역으로 그녀와 깊은 대화를 나누거나 마음을 전하고 듣지는 못했지만 서로의 진취적인 사고는 일치했다는 느낌을 받았다. 라 씨오따의 자랑에 대해 물었다.

"생활의 품질이 좋을 뿐만 아니라 작고 아담한 휴양지로 적합하며 자

■ Littérature

La Ciotat accueille la Corée du Sud

— Toutes deux sont nées en Corée du sud, à Jean-Nam, une petite ville près de Séoul. Les deux cousines sont tombées amoureuses de La Ciotat. L'une a épousé un Ciotaden, l'autre prépare un livre sur la ville des Lumière et considère son séjour comme un voyage d'étude de autant que d'agrément. O.K. Kyung a écrit "Les larmes du crépuscule", un journal intime sur sa vie familiale, "Divorçons au plus tôt" où elle analyse la vie d'un couple au bord de la séparation et une correspondance E.Mail avec sa belle-fille, chronique épistolaire des temps modernes qui a obtenu le premier prix de littérature coréenne de 2001. Dans la même édition, O.K. Kyung présente un recueil de poésies écrit par Sœur Marie, une religieuse cloîtrée qui, en observant une châtaigne ou une fourmi "nous donne une merveilleuse leçon de courage", affirme l'écivain.
O.K Kyung et Whang Hye-Kyung se passionnent pour notre culture. Elles ont étudié à l'école les auteurs provençaux : Pagnol, Mistral, Daudet. "Le conte de Monte Cristo" les a fait rêver dès leur plus jeune âge. Un peu surprise par le souffle vif du mistral à son arrivée, O.K Kyung a adoré la reconstitution historique de 1720 et surtout cette impression d'unité chez les Ciotadens qui se sont personnellement et bénévolement investis dans cette fête.
Mireille Benédetti, adjointe déléguée aux Fêtes et Traditions, entourée de Michel Maurin, responsable du service, Whang Hye, bilingue français-coréen, son mari, Hervé Boila, animateur artistique et sculpteur, a remis la médaille de citoyenneté à l'écrivain coréen.
Grâce au prochain ouvrage de O.K. Kyung sur La Ciotat et une possible traduction de ses livres en français, des liens culturels et amicaux se concrétiseront, peut-être, entre deux villes éloignées géographiquement, mais toutes deux bercées par la mer.

Mireille PERRIER

미라이 부시장과의 대담이 그곳 신문에 게재되었다.

연의 특혜를 받은 아름다운 도시"라는 대답이었다.

정말 그랬다. 원색으로 물든 도시의 아름다움, 남국의 이름 모를 꽃들이 만발한 공원과 잣나무가 쭉 늘어선 해변은 지중해 해변을 대변했다.

이번에는 1720년 축제를 하게 된 동기를 물었다.

17세기경에 창립된 조선소가 경영난으로 1988년 폐쇄되면서 3천여 명의 실업자가 생겼다. 시민 전체가 조선소에 목숨을 걸고 살아왔다 해도 과언이 아니었는데 시 전체의 엄청난 재난이고 슬픔이었다고 한다. 실의에 찬 시민들을 위해 뭔가 즐거움을 주기 위해 미라이는 역사를 뒤졌다. 그러니까 과거의 역사를 통해 가치를 되찾고 재인식시켜 희망을 찾아낸 것이 바로 1720년 축제라고 했다. 마을 사람 전체가 한 몸 한 마음이 되어 페스트균을 막기 위해 바다를 지키고 또 입항하려는 왕의 군대와도 맞섰던 그 용기와 패기를 재현함으로써 시민에게 희망을 주고자 했다는 대답이었다. 고유의 문화와 역사를 통해 시민들의 시름을 덜어 주고 기쁨을 준다면 그보다 더 좋은 일이 어디 있겠는가. 다른 사람을 통해 우리나라 조선소로 일거리를 빼앗겨서 문을 닫았다는 말을 들었다. 치열한 세계경쟁 시대에 살고 있는 우리 모두의 현실적인 아픔일 수밖에 없었다.

민중의 축제를 진행하면서 그 시대에 몰입하다 보면 정말 살아 있음을 느낀다는 미라이의 포부는 끝이 없었다. 해방축제라는 이름으로 천여 명을 관람시킬 공연을 준비하는데 그것은 비밀이라고 했다.

그래도 살짝 물으니 1720년을 시작으로 나폴레옹 시대와 루미에르 형제의 아름다운 시절, 그리고 전쟁시대 무대를 배경으로 잡는다 했다. 과거의 역사 속으로 들어가

라 씨오따 시민의 우정과 사랑으로 언제든지 방문을 환영한다는 시민훈장기념메달

마리오와 도미니끄가 운영하는 식당

미라이 라 씨오따의 부시장 명함

현대와 접목하려는 미라이의 탁월한 아이디어에 찬사를 보내며 성공하기를 기원했다.

시민을 위하고 더 나아가 나 자신을 위해 끊임없이 노력하는 미라이의 자신감에서 나도 다시 일어서야겠다는 명분을 충분히 찾았고 또 여행 목적의 절반을 이룬 셈이 되었다.

미리 준비한 내 졸저에 대해 내용을 설명을 한 후 부시장에게 전했다. 부시장 미라이도 시에서 준비한 영광의 시민훈장기념 메달을 전달하면서 기념촬영을 했다. 라씨오따 시민의 우정과 사랑으로 언제든지 방문을 환영한다는 메달은 영원히 잊지 못할 추억을 남겨 주었다.

미라이는 처음 1720년의 축제를 추진할 당시에는 많은 반대에 부딪쳤고 또 외계인 취급까지 받았다고 한다. 그러나 좌절하지 않고 끝까지 밀고 나간 그녀의 용기와 추진력에 박수를 보낸다.

마리오와 도미니끄가 운영하는 에스깔레 식당에서 점심을 같이 하며 즐거운 시간을 보냈다. 식당 주인의 재치 있는 개그와 몇 마디 배워간 내 불어 실력을 구사해서 현장을 폭소의 도가니로 몰아넣었다.

지중해의 아주 작은 도시, 라씨오따의 부시장 미라이에게 한없는 사랑과 우정을 보내고 싶다.

내 귀는 소라껍질

장 콕도

장 콕도(1889~1963)의 작품 세계를 만나러 가기 위해 서둘러 집을 나섰다. 그의 기념관이 있는 망똥은 동생 내외가 사는 라 씨오따 시에서 3시간 정도 걸렸다.

망똥까지 가는 길에 펼쳐지는 아름다운 도시 칸느, 니스, 그라스, 모나코 등으로 인해 3시간의 여정이 짧기만 했다. 새로운 도시를 지날 때마다 나는 환호성을 질렀다.

흰 눈으로 덮여 있는 알프스산맥, 달리는 길가에는 노랗게 물든 은행잎들이 바람결에 우수수 떨어졌다. 이미 수확을 끝내고 앙상한 가지만 남은 포도나무와 끝없이 이어지는 밀밭이 대조를 이루었다. 다양한 취향과 색채를 만들어 낸다는 지중해의 햇빛, 햇빛이 쏟아지는 올리브 숲은 황홀함 그 자체였다. 거기다가 인상파 그림을 떠올리게 하는 목초더미들은 한 폭의 풍경화였다.

향수의 고장 그라스를 지날 때는 1년 내내 피어 있다는 라벤더 향이 코끝을 스쳐 지나갔다. 이탈리아 경계 지역과 인접한 니스에 이르렀을 때는 온

오렌지로 만든 정원, 길거리는 온통 노란색으로 물들어 있었다.

화하면서도 향기로운 포도주 향에 취하는 듯 했다. 거기다가 지중해의 희미하게 반짝이는 수면과도 같은 프랑스 남부의 우아한 매력을 한껏 맛보는 것은 내 인생에 있어서 큰 호사였다.

프로방스 지방의 아름다운 자연 경관과 독특하고 화사한 빛살들이 많은 예술가들에게 영감을 부어주었다고 한다. 반 고흐에서 피카소, 마티스, 마르셀 파뇰에 이르기까지 수많은 화가와 작가들을 탄생시켰다. 시선이 머무는 곳마다 끊임없이 경쟁하며 서로를 인정할 수밖에 없었던 천재 예술가들의 위대한 예술 혼들이 느껴졌다.

해양박물관이 있는 툴롱, 국제 영화제로 유명한 칸느, 브리지트 바르도가 살아 시끄러워진 생트로페, 니스 등을 지날 때는 이국의 정취에 흠뻑 빠졌다. 폭죽과 꽃마차 행렬이 유명한 카니발의 도시, 그리고 긴 해변이 아름다운 니스를 지나 모나코로 향했다.

12월초인데도 길거리에
는 크리스마스트리가 호화
찬란했다. 카지노로 돈을 벌
어 국민에게 세금을 부과시
키지 않고 또 국민 소득이
세계에서 가장 높다는 나라
답게 거리가 깨끗하고 완벽
했다. 길거리의 조경만 아름
다운 것이 아니라 고층 빌딩
과 아파트들은 거의 예술적
으로 산 위에 비둘기 집처럼
걸터앉아 있어 놀라지 않을
수 없었다. 고 난이도의 건
축 양식은 여행자의 혼을 쏙
빼놓았다.

망통의 간판과 상점 풍경

세계 각국의 국기를 단 호화 요트들이 정박해 있는 항구는 모나코 전체
를 다 본 것처럼 포만감을 느끼게 했다.

장 콕도의 미술관이 있는 망통은 일 년 내내 해양성 기후가 계속되는 곳
으로 가로수에는 레몬이 주렁주렁 달려 있었다. 2월의 축제 때는 온 도시가
레몬과 오렌지로 만든 장식물이 등장하고 '세계의 카니발'이라는 주제로 해

마다 관광객을 즐겁게 해주는 도시다. 레몬 축제로 유명한 망통은 어촌의 분위기가 감돌았다.

장 콕도의 미술관은 바닷가에 아담하게 자리 잡고 있었다. 마침 점심시간에 걸려 우리 일행은 공원 벤치에서 준비해간 샌드위치로 대신했다. 지중해가 끝없이 펼쳐진 바닷가 벤치에 앉아 있는 노부부가 비둘기 먹이를 던져주며 얼마 남지 않은 이승의 삶을 즐기고 있었다. 이 세상의 모든 시름을 다 걸러낸 노년의 아름다운 모습이었다. 고갱이 즐겨 사용했다는 노란 햇빛이 그들의 어깨를 감싸 안아 주었다.

미술관은 2시에 문이 열렸다. 입구 양쪽 벽에는 잘 다듬어진 흰색 돌로 남녀가 모자이크되어 있었다. 건물 안으로 들어서면 바닥 또한 그의 그림이 인사를 나누었다.

시인으로, 소설가로, 문학 비평가로, 배우로, 극작가로, 연출가로, 화가로, 영화 제작자로, 살아 온 그의 흔적은 사방 곳곳에서 눈을 반짝이고 있었다. 그 외에도 도자기 제조자, 벽화 장식가, 장식용 융단 제조자의 수식어가 붙은 천의 얼굴로 살았다. 장 콕도의 영혼이 머물고 있는 조그만 방 진열장 안에서 주옥같은 그의 작품집들이 이방인의 방문을 환영해 주었다.

열일곱 살의 나이로 시단에 등단한 장 콕도는 피카소, 디아길레프, 모딜리아니 등과 사귀면서 입체파적 미학을 시에 옮겨 씀으로써 환상의 예술을 만들어냈다고 한다. 그림에 조예가 깊지 않는 나로서는 그의 그림들을 감상하면서 피카소를 만난 듯한 착각을 일으키기도 했다.

영화의 한 장면을 연출하기 위해 그림을 융단으로 제작한 작품이 입구 왼쪽 벽을 장식하고 있었다. 예술적인 끼를 사랑한 시인의 섬세함이 살아 있는 곱고 아름다운 벽걸이였다.

중앙 계단을 통해 이층으로 올라갔다. 그가 평소 재주꾼이라는 사실을 입증이라도 하듯 곳곳에 도자기가 진열되어 있고 스케치와 초상화, 포스터들이 걸려 있었다. 그 중에서도 내 발길을 멈추게 한 그림이 있었다. 머리가 듬성듬성 빠진 채 반듯하게 누워 있는 그림은 자신이 심장 마비로 세상을 떠난 해에

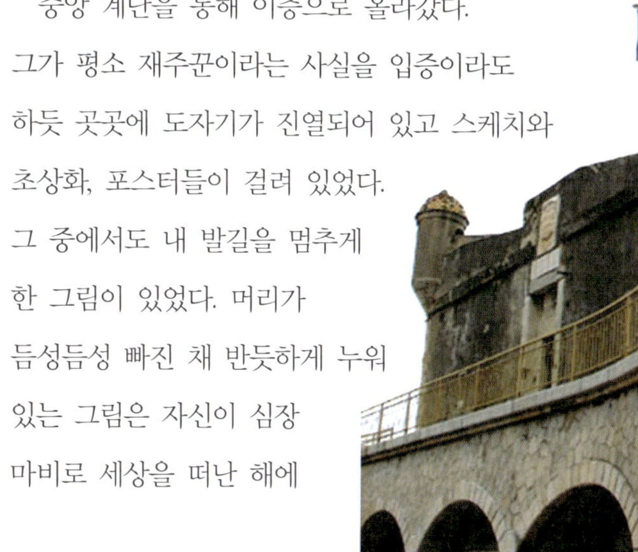

장 콕도 기념관

그린 자화상이었다. 묘한 뉘앙스를 주었다. 역시 운명은 자신이 가지고 태어난 숫자만큼 살다가는 피조물에 불과했다.

상류 사교계의 환경 속에서 유년 시절을 보낸 후 수많은 훈장과 프랑스 아카데미 회원으로서 '시의 왕'으로 추대되는 등 세속적인 명예를 다 버리고 떠난 그가, 후세들을 위해 17세기의 조그만 성안에 기념관을 세울 만했다. 창문 사이로 감청색 지중해가 출렁이고 있었다.

'내 귀는 소라껍질/ 바다 소리를 그리워한다'라는 시처럼 그의 영혼은 잔잔한 파도와 때로는 거센 풍랑과도 만나며 지내고 있었다. 조개껍질이 파도소리로 이어지고 다시 그 파도소리로부터 자연스럽게 귀로 돌아온다는 짤막한 노래가 메아리쳐 무한한 노스탤지어를 불러일으켰다.

미술관을 나오면서 내 귀는 이미 소라껍질이 되어 지중해의 파도 소리를 듬뿍 담고 있었다.

짜르르 딩동댕…

무심코 길을 걷다가 청아한 멜로디에 눈길을 돌렸다. 바닷가로 나가는 골목에 위치한 조그마한 선물 상점에서 이방인의 발길을 멈추게 한 것은 출입구 문에 달아 놓은 종소리였다. 지중해에서 만난 또 하나의 울림은 내게 다른 의미로 다가 왔다. 가냘픈 소리의 유혹을 뿌리치고 갈 수 없어 윗부분이 레이스로 장식된 종 하나를 샀다.

흔들릴 때마다 간지러운 멜로디가 흘러나왔다. 부드러운 해풍이 종을 치고 달아났다. 순간 바람과 종소리의 장난을 보았다. 가늘게 떨며 내는 종소리는 바람을 잡으려는 듯 예쁜 소리로 불렀다.

'다시 와 주세요….'

평소에도 종소리를 좋아하는 나는 집안 곳곳에 종을 달아 놓았다. 바람의 애무에 화답하는 그 선율이 너무 고와서다. 인내가 필요할 때는 더없이 좋은 신경 안정제가 되어주기도 한다.

절에서 나는 풍경소리를 듣고 있으면 시간이 정지된 듯한 느낌이 왔다. 비로소 진정한 나의 번뇌가 시작되는 순간을 만들어 주면서 삶의 속성도 일깨워 주었다. 종소리는 마음 구석구석까지 파고드는 구원의 소리이기에 한 번 칠 때마다 번뇌가 하나씩 사라지는 기분이었다. 잠시 세속의 생활을 접고 겸손과 묵상하도록 손을 잡아 주는 종소리는 멀리 떠나 있는 영혼을 불러 모으기도 한다.

겨울이 지나고 굳게 닫힌 창을 열면 바람에 밀려 은은하게 들리도록 베란다 쪽 천장에 몇 개의 종을 달아 놓았다. 사방이 트인 공간에서 바람을 만나 천상의 소리로 나를 부른다. 빨래를 건조대에 널기 위해 무심코 한 번씩 머리로 스치고 지나갈 때마다 여러 종류의 종들이 내는 화음은 또 얼마나 정겨운가. 마치 어느 산사에 잠시 와 있는 느낌이 들기도 한다. 에밀레종 소리처럼 맑고 영롱한 소리는 아니지만 생김새대로 내는 장식용 종일지라도 아름답기는 다른 종들과 마찬가지다.

종들은 종류가 여러 가지일 뿐만 아니라 소리 또한 다르다. 가느다란 네 개의 은색 파이프로 만들어진 종은 그 소리가 마치 소녀의 웃음처럼 가냘파서 가슴이 애련해진다. 사랑하는 여인의 눈물처럼 친화력이 있다고나 할까. 산들바람과 어울려 내는 소리가 누군가를 기다리는 소녀를 연상하게 한다.

또 간장종지 모양의 앙증맞은 종은 아홉 개로 구성되어 나선형으로 이어져 있다. 이 종이 내는 소리는 나에게 생동감을 일으켜준다. 무심코 건들면 달린 끈의 길이에 따라 소리가 다르고 또 한꺼번에 쏟아지는 소리는 한여름 밤의 소나기를 연상시킨다. 우울할 때 한 번씩 두들기면 세포들이 일제히 환호성을 지르고 일어난다. 폭풍이 몰고 오는 바람과 어울리는 이 종은 여름에 화려한 팡파르를 울리곤 한다.

사방으로 부딪치면 추가 닿는 시차에 따라 소리가 조종되면서 인내를 강조하는 것도 있다. 언제 울릴까 또는 언제 내 차례가 올까 초조하게 기다리지 않아도 다 때가 되면 이루어진다는 진리를 일깨워 준다. 늘 삶에 불안을 느낀 나는 시차를 두고 움직이며 내는 소리에 잠시 여유를 갖기도 한다. 그리고 씁쓸한 인생의 진한 향기도 맛본다.

종의 생명은 소리다.

먼 곳까지 들리는 긴 여운을 남겨야 하는 게 종 고유의 사명이다. 에밀레 종소리처럼 울림이 뚜렷하고 긴 것이 좋은 종이라 할 것이다. 그러나 내가 소유한 종들은 은은한 진동음보다는 굵기나 크기 혹은 끈의 길이에 따라 소리가 제한되는 장식용들이다. 웅장함이나 울림이 없는 한순간 스치며 내는 작은 멜로디이지만 가슴을 여미게 하는 건 에밀레종과 다를 바 없다.

　모양이나 형태에 따라 다른 종소리를 내듯 우리 인간들 또한 심성이나 감성에 따라 뿜어내는 향기가 다르지 않을까 싶다.

　종소리가 그리워 바람대신 추를 살짝 흔들어 보았다. 짜르르, 쏟아지는 맑은 소리가 가슴을 치고 지나갔다. 갑자기 가슴에 박하 향기가 그윽했다. 온 몸으로 울려 주는 사랑이기에 그 감동 또한 아름답다. 내 마음속의 번뇌를 이 종소리로 말갛게 헹궈내고 싶다. 딩동댕….

내가 좋아하는 남자

책임감을 느끼는 사람

나는 마르세유 항구에서 좌판에 생선을 놓고 파는 상인들의 모습을 보고 추억에 젖어 들었다. 그 중에서도 비릿한 냄새뿐만 아니라 비닐 앞치마를 입고 생선을 손질하는 모습까지 닮은 남자를 보고 놀랐다. 한 때 남자의 기준이 되어 주었던 사람이 떠올랐다.

십여 년 전, 직장에 다닐 때였다. 출퇴근길에 한 남자와 가끔 만나게 되었다. 아침에는 길거리에서 오후에는 시장 길모퉁이에서. 50대 중반쯤 됐을까. 외모는 보통 키에 얼굴은 약간 긴 편이었고 쌍꺼풀이 깊어 인상이 강하게 보였다. 주름이 많아 고생한 흔적이 있어 나이를 가늠할 수 없지만 그래도 젊은 편이었다.

항상 멜빵바지를 입고 다녔다. 멜빵바지 안에 바쳐 입은 상의만 계절 따라 팔이 긴 것과 짧은 것의 차이일 뿐이었다.

이 남자와 마주치면 나는 뒤돌아서서 한참을 지켜본 후 지나갔다. 산뜻한 샴푸 냄새나 향수 냄새가 아닌 비린내를 풍기지만 늘 뒷모습만은 믿음

직스러웠다. 그의 부인이나 아이들의 환한 얼굴이 떠올랐다. 그가 책임감 있는 남편이요 듬직한 아버지로 보였기 때문이었다.

남자가 리어카를 끌며 핸드 마이크로 "생선 사세요" "과일 왔어요"를 외치는 쉰 목소리가 멀어질 때쯤 나는 사무실에 도착했다. 책상 앞에 앉으면 생선장수 아저씨의 얼굴 위에 공사장에서 검게 그을린 얼굴로 모래를 져 나르는 오육십 대 가장들이 떠올랐다. 그리고 주유소에 차가 들어가면 제일 먼저 나와 반기는 반백의 주유원 할아버지와, 맥주 빈 상자를 의자 삼아 과일을 팔고 있는 동네 아저씨까지 오버랩 됐다.

누구를 위하여 저토록 열심히 일하는 걸까, 자신만을 위한 노동은 아닐 것 같았다. 올망졸망한 자식들과 시장에서 무시래기를 얻어다 알뜰하게 삶아 된장국을 끓여 놓고 기다리는 부인을 위해서 일거라고 생각했다. 누구를 위하는 일이든 최선을 다하고 책임을 다하는 모습이 내 눈에는 가장 멋진 남자로 보였다.

나는 이런 남자와 한번 살아보고 싶었다. 가족을 위해서 땀을 흘릴 줄 아는 남자와, 생일이나 결혼기념일을 기억해 주지 않아도 등록금과 세금을 낼 줄 아는 남자와 살아 보고 싶은 것이다. 수도꼭지가 고장이 나고 형광등 촉이 나가도 걱정할 필요가 없는 생활이 그리웠던 나였기에 가족을 위해 노력하는 남자가 좋았다.

우리 집은 남자가 하는 일을 구별해서 산다면 여자는 심심하고 남자는 허둥지둥 살았을지도 모른다. 모르는 것도 많고 탈이 많아지면 내가 더 피곤

해지지 않을까 싶어 차라리 이대로가 좋을지도 모른다는 생각으로 살았다.

언제쯤 멋진 남자로 변신할까. 아니다. 내가 언제쯤 숙련이 되어 못을 박아도 손에 멍이 들지 않는가가 더 중요했다. 누군가를 위해 살아 본 적이 없는 남자를 보면서 오히려 안타까운 생각이 들어 불가사의했다. 능력이 그것밖에 안 되는 사람을 몰아세우는 것은 아닌지 후회스러울 때가 없는 것은 아니었다. 그러나 여자만이 할 수 있는 일, 그러니까 한 쪽은 담당하지 않아도 되는 삶을 살고 싶었던 것이다. 만약 그 한쪽이 비어있다면 나 자신을 위해서 채울 일들이 너무 많았다.

조금 사치스러운 생각일지는 몰라도 훌쩍 떠나고 싶을 때 여행을 가고 또 좋은 영화를 보며

친구들과 수다를 떨어 보는 것도 빈 공간에 채워 넣을 종목이었다. 너무 허황한 꿈을 꾸고 있는 것 같아 쑥스럽다고 생각한 적 도 많았다. 그런 꿈이라도 가지고 사는 것이 그나마도 인생이 덜 지루했다. 두 팔에 자식을 하나씩 둘러매고 허리에는 아내를 꿰차고 다닐 수 있는 남자면 좋겠다는 생각을 하며 사는 세월이 몇 십 년이었다. 그 시절에는 자식과 아내를 위해 허리가 휠 정도라는 말만이라도 듣고 싶었다. 모든 삶이 꿈으로 끝나고 말았다.

벤츠가 아닌 리어카를 끌고 가는 남자를 매일 아침 보면서 표정도 함께 읽었다. 잠겨든 목소리가 마음에 걸려 뒤를 돌아봤던 기억이 새롭다.

지중해의 아름다운 바닷가 어시장에서 가족을 위해 헌신하는 남자들의 목소리가 싱싱한 생선처럼 지중해 연안으로 울러 퍼졌다. 삶의 한순간도 놓치지 않는 사람들처럼 큰 소리를 외쳐댔다. 내가 좋아하는 남자들이 이 곳에서도 존재하고 있었다.

루미에르 형제가 최초로 제작한 영화 「기차의 도착」

잣나무가 늘어 선 해변가에 세계 최초로 영화를 만든 루미에르 형제의 기념비가 있었다. 지중해를 바라보는 대로변에는 영화의 역사를 고증이라도 하듯 최초로 영화를 상영했다는 에덴극장이 담쟁이 넝쿨에 엉켜 가려져 있어 놀라지 않을 수 없었다. 100년이 넘는 세월 동안 본래의 모습으로 보존 되었다는 사실이 기적에 가깝다는 생각이 들었다.

루미에르 형제가 최초로 제작했다는 「기차의 도착」이라는 영화를 라 씨오따 기차역에서 촬영했다는 안내표지가 있어 무척 감명 깊었다. 2분 정도 상영한 기록영화로 알려졌다. 짧지만 영화의 시작을 울리는 신호탄이 이곳에서 이루어졌다고 생각하니 또 한번 감동할 수밖에 없었다. 곡선으로 이어진 철길을 바라보며 영사기 돌아가는 소리가 들리는 듯 했다. 한편의 인생 드라마가 철로를 따라 서서히 움직였다.

20세기를 대표하는 영상예술로 자리 잡은 영화가 처음으로 대중에게 모

La Ciotat, terre d'histoire

루미에르 형제

습을 보인 것은 루미에르 형제가 시네마토그라프라는 이름으로 1895년 12월 파리에서 상영을 하면서부터라고 한다. 영화가 프랑스나 미국을 제외한 세계 여러 나라에 보급되기 시작한 것은 루미에르 형제가 파리에서 영화를 상영한 지 1개월 정도 지난 1896년 1월이다. 상영단을 구성해 순회 흥행 상영을 하면서부터 영국 독일 러시아 등으로 보급되는 계기가 되었다.

반면 한국영화의 역사는 그 3년 뒤인 1899년이다. 미국인 여행가 엘리아스 홈즈와 그 일행이 한국을 여행하던 중에 궁에서 휴대용 영사기를 이용해 고종황제를 비롯한 황실 사람들에게 상영한 것이 최초라고 한다.

그 동안에는 외국영화가 공개되었으나 1923년에 극영화인 윤백남의 「월하의 맹세」가 처음 제작된 작품으로 조선 총독부의 저축 장려 계몽영화였다고 한다. 그 후 한국 최초로 한국인에 의해 제작된「장화홍련전」이 1924년에 단성사에서 상영되었고 그 이듬해에는 나운규의「아리랑」이 뒤를 따랐다. 극영화라는 점에서 한국 영화의 시효라고 볼 수 있는데 무성 영화의 막이 오른 후 본격적으로 등장해서 지금에 이르렀다.

한국 영화의 발달은 말하지 않아도 알 수 있다. 어마어마한 제작비를 들여 만든 영화가 외화를 벌어 오기하고 또 국제적인 스타를 만들기도 한다. 제 60회 칸 영화제에서 여우주연상을 받을 정도로 우리나라의 영화는 세계적으로 위상을 떨치고 있다.

라 시오따에 오기 전에 제부 헤그베가 영화를 좋아한다기에 한국에서 DVD 몇 개를 사가지고 갔다. 수집을 하는지 집에도 많았지만 새로운 영화가 없나 싶어 대형마트에 자주 가곤 했다. 그런데 많은 영화들 중에 우리나라 DVD는 단 두 개가 진열되어 있을 뿐이었다. 그것도 아주 오래된 영화였다. 큰 도시야 많이 진열되어 있겠지만 프랑스 남부에서 가장 크다는 시장에서 볼 수 없어 무척 아쉬웠다. 보급에 문제가 있지 않나 싶었다.

영화를 통해 많은 사람들이 위안을 얻고 행복해질 수 있다면 루미에르 형제의 영혼이 많은 매니아들 가슴속에 영원히 빛나리라 본다. 꿈과 사랑, 그리고 무한한 추억을 안겨 주는 영화는 영혼을 풍요롭게 해주는 이시대의 화사한 꽃에 비유하고 싶다.

인류가 존속하는 한 영상을 통한 커뮤니케이션은 계속될 것이다.

Cabriès
Bo
St-Victoret
Aéroport
Marseille-Provence
Les-Pennes
Mirabeau
Simi
Colle
A51
N113
Marignane
Châteauneuf
les-Martigues
Gignac-La-Nerthe
N568
Septèmes
les Vallons
D9
A55
Le Rove
N568
A55
PI
Sausset
les-Pins
Carry
le-Rouet
D9
Ensuès
la-Redonne
A51
te Bleue
Marseille
Îles du Frioul
Le château d'If
Notre-Dame
Le
Archipel de Riou

Air
Gréasque
Belcodène
Mimet
St-Savournin
La Bouilladisse
Cadolive
Peypin
Auriol
La Destrousse
Roquevaire
uques
Allauch
Massif du Garlaban
Gémenos
Abbaye de St-Pons
Massif de la Ste-Baume
La Penne-sur-Huveaune
Aubagne
Cuges-les-Pins
Carnoux-en-Provence
Roquefort-la-Bédoule
Ceyreste
Cassis
Vers Toulon
La Ciotat
alanques
Cap Canaille
L'Ile Verte
A52
A520
A50
N8
N8
N96
N396
N560
N8
D3
D3
D2
D7
D8
D5
D46a
D7
D908
D559
D559
D1
D2
D141
Calisaquer
Garde
꿈과 낭만을 심어 주었던 마르세이유와 라 씨오따 지도

가장 화려했던 77일

다시 삶으로의 귀환

77일, 긴 여행을 끝내고 마르세유에서 드골 공항으로 향했다.

언제나 우리에게는 만남과 헤어짐이 준비되어 있다. 그동안 정들었던 마담 보알라 부부와 리샤의 뜨거운 배웅을 받으며 언제 다시 만난다는 기약도 없이 아쉬운 이별을 나누었다.

인천공항에서 출발할 때 느꼈던 두려움은 없어지고 한결 마음이 가벼웠다. 이제는 눈치 보며 물어 볼만한 사람이 없으니 한국행 게이트까지는 스스로 찾아 나서야했다. 공항에 도착 한 후 줄곧 비행 티켓을 보여주며 목적지를 향해 계속해서 물었다. 언어가 통하지 않아 답답했지만 가르쳐 준대로 가다 불안하면 묻고 또 물었다. 내 인생을 이렇게 조심스럽게 조언을 구하며 살았더라면 후회는 없지 않았을까 라는 생각이 문득 들었다.

처음에는 방향 감각이 없어 유학생과 같이 찾았던 길이 아니라서 더욱 당황했다. 그러나 수 십 번의 물음 끝에 게이트 앞에 서고 보니 지금처럼 찾아가는 것이 정확한 코스였다. 그때는 지름길로 가면서도 몰라 헤맸던 것 같았다.

　게이트 앞을 꽉 메운 우리나라 사람들의 언어가 귓가에 들리자 안도의 숨을 내쉴 수 있었다. 그리고 반가웠다. 마치 고향 사람을 만난 듯 불안감이 사라지고 내 형제자매 같았다. 동족이라는 이름 앞에서는 좋은 사람도 나쁜 사람도 구별이 되지 않았다. 모두가 선량한 우리 민족일 뿐이었다.

　출국 수속을 하기까지 시간이 남아 긴장감을 해소하기 위해 구석진 자리로 옮겼다. 나른한 피로와 함께 프로방스의 아름다운 풍경이 잔잔하게 밀려 왔다.

　프랑스의 최남단 라 씨오따에서 경험해보지 못했던 꿈같은 시간들을 보냈다. 나와 새롭게 마주치는 것들과 수많은 대화를 하면서 부딪쳤다. 끊임없이 찾아다니며 보고 느끼면서 모험을 두려워하지 않았다. 새로운 세계에 대한 도전과 호기심을 도저히 멈출 수가 없었다. 좋아하는 음식을 탐하듯 풀 향기와 한 자락의 바람까지도 음미하며 놓치지 않았다.

　수많은 수식어가 붙은 항구마다 헤어 나 올 수 없는 풍요로움이 넘쳤다. 발길 닿는 곳마다 낯선 여행자를 자유와 열정이 가득한 몸짓으로 유혹하곤 했다. 자연의 숨결이 가득한 땅에서 내 마음속의 무거운 짐을 내려놓게 한 것은 지중해의 아름다운 노을이었다.

　그래서였을까. 출발했을 때보다는 불안한 마음을 떨쳐 버릴 수가 있었다. 다소 여유도 느껴졌다. 불과 서너 달이었지만 조급증이 사라진 듯싶기도 하고 나한테 절실하게 필요했던 삶에 대한 용기와 자신감이 생긴 것 같았다. 어렴풋이나마 희망이라는 단어도 떠올랐다. 포기하려 했던 삶을 되돌아 보고 싶은 생각이 든 것은 지난날을 용서하고 싶은 바램인지도 모르겠다. 불투명하지만 그 미래의 가능성을 발견한 것은 이번 여행에서 얻은 최고의 행운이었다는 생각이 든다.

서서히 움직이는 긴 행렬을 따라 어둠을 뒤로하고 거대한 점보기를 향해 발걸음을 옮겼다. 좌석은 창가였다.

기내 유리창에서 바라본 하늘은 짙은 주황색 빛이었다. 칠흑 같은 밤을 총 천연색으로 물들이는 오로라 현상은 이 지구상의 마지막 빛깔이 아닐까 싶을 정도로 고왔다. 어떤 물감으로도 표현해 낼 수 없는 신비한 색채는 우주를 온통 환상 속으로 몰아넣었다. 정말 황홀한 순간들이 뜨거운 바람 으로 불어왔다.

가슴이 두근거렸다. 마치 영과 자아가 육체를 벗어나 유체이동을 하듯 하늘을 나는 기분이었다. 통통 뛰는 가슴사이로 잃어버렸던 언어들이 튀어 나왔다. 꽉 막혔던 가슴이 뚫리면서 나도 모르게 긴 한숨을 토해냈다. 눈에 금세 눈물이 넘쳐흘렀다.

광활한 우주에서 만난 에너지는 '가슴 뛰는 삶을 살라'는 다릴 앙카의 메시지도 함께 했다. 모든 것을 잊고 버림으로서 내 인생이 자유로워질 수 있다는 우주의 섭리도 내 눈물 속에 고여 있었다.

긴 여행이었다. 그리고 신비한 체험이었다. 행복은 항상 곁에 상주해 있 는 것이 아니라 어느 한 순간 가슴속으로 밀려드는 파도였다. 빛의 속도로 빠져 나가는 행복이었을지라도 내게는 영원하게 느껴졌다.

　도스토예프스키가 시베리아의 옴스크 감옥에 있었다는 그 상공을 지나 새로운 삶으로의 귀환을 서둘렀다.

　이렇게 내 생애 가장 아름다운 77일간의 여행은 끝이 났다.

프로방스 통신

1판 1쇄 발행 | 2009년 10월 20일

지은이 | 황혜경
발행인 | 이선우
펴낸곳 | 도서출판 선우미디어

등록 | 1997. 8. 7 제300-1997-148호
110-070 서울시 종로구 내수동 75 용비어천가 1435호
☎ 2272-3351, 3352 팩스: 2272-5540
sunwoome@hanmail.net
Printed in Korea ⓒ 2009. 황혜경

값 10,000원

※ 잘못된 책은 바꿔 드립니다.
※ 저자와의 협의하에 인지 생략합니다.

ISBN 89-5658-224-6 03810